大美中国——

趁时光未老，
去远行

范宇 ◎ 著

三环出版社
SANHUAN PUBLISHING HOUSE

图书在版编目（CIP）数据

趁时光未老，去远行 / 范宇著 . -- 海口 : 三环出
版社（海南）有限公司，2024. 9. --（大美中国）.
ISBN 978-7-80773-314-0

Ⅰ . I267

中国国家版本馆 CIP 数据核字第 2024FW8770 号

大美中国　趁时光未老，去远行
DAMEI ZHONGGUO　CHEN SHIGUANG WEI LAO, QU YUANXING

著　　　者	范　宇
责任编辑	劳如兰
责任校对	郑俊云
装帧设计	吕宜昌
出版发行	三环出版社（海口市金盘开发区建设三横路 2 号）
	邮　　编　570216　　邮　　箱　sanhuanbook@163.com
社　　　长	王景霞　　总 编 辑　张秋林
印刷装订	三河市同力彩印有限公司
书　　　号	ISBN 978-7-80773-314-0
印　　张	13
字　　数	150 千字
版　　次	2024 年 9 月第 1 版
印　　次	2024 年 9 月第 1 次印刷
开　　本	690 mm × 960 mm　　1/16
定　　价	68.00 元

为文学远行的少年（代序）

凌仕江

少年并不全都是空洞的。在他的行迹里，总留有文学旅痕的余香，有时火车经过一座城市，他会借机带上一本书去那儿，寻访一位心仪已久的作家，邀约签名，或合影留念，然后坐下来与其谈人生，谈理想，谈挫折，谈现实……文学是他小时候种在心里的情怀，比野草更茂盛，比山花更芬芳，写作是他出门在外孤独但不寂寞的精神伴侣。这让他有了区别于其他少年的资本与符号。灵感可以让他构筑一个人的山山水水，因为热爱，那些孤独与喧嚣的社会纷扰无法进入他单薄纯净的世界，在文学的田野里，一任他行，没有什么能够阻挡。

平时，我看到的少年，多数游离在放学路上的游戏厅或网吧之间，他们说着言不由衷的话，玩着太多不为白天与黑夜所了解的游戏。总之，让大人们找不着北。在人群里，他们是那么空洞与寂寞。

而他总是一副沉静的样子，眸子里装满了早熟的人间与结实的未来。

我说的这个少年叫范宇，是兰州某高校的一名学生。他热爱写作，几近到了痴迷的地步。在他身上，痴迷就是坚持不懈的一种书写方式。久而久之，痴迷也成了他成功的代名词！从开始写作到现在，短短两年多时间，他在全国报刊上已经发表数百篇文学作品，更令人刮目相看的是，在大大小小的各类文学赛事上，他的名字也开始时不时地从获奖名单上冒出来，不曾谋面者，根本不相信此人居然是个"90"后。

当主办方通知他去领奖时，他在兴奋中开始犹豫了。去，还是不去？若去，首先得向学校申请假期，因为路途遥远，火车加汽车，还要打的，往返需要一周，请假这件事也挺折腾人的。他想过放弃不去，因为那毕竟只是一个优秀奖，但他终究不能放弃向孙犁先生致敬的机会。经过反复纠结，他踏上了远行的列车。那是一次漫长的文学之旅，陪伴他旅程的有莫言的《我的高密》，以及余秋雨的《何谓文化》。结果，当他出现在红地毯的一瞬，便尝到了文学的圣果，许多文学前辈得知这位少年从遥远的大西北赶来，看到他对文学的执着与勤奋，以及他那淡定谦逊的目光，都给予了怜惜与赞叹。在文学前辈的包围中，他不仅学到了写作的技艺，更多的是受到了老作家们品德的感染。

回到大西北，他又开始了远行。大学校园是照亮他的灯盏，在那灯盏下面，他每天坚持午夜功课，恶补世界经典文学阅读。在夜深人静的时候，他时而提笔，时而听见窗外的一片落叶叩问大地的声音，这时他已进入文学写作的状态。

有了如此少年为文学虔诚地远行，谁不相信，唯有少年强，中国文学必盛的誓言呢！

当远远地看见少年朝我走来时，我在心里悄悄地喊了一声——

你好，少年！

（注：此文作者系中国作家协会会员，著名军旅作家，老舍散文奖、冰心散文奖得主）

行走的魅力（自序）

年少时，特别喜欢三毛的作品，那些与行走有关的作品，看得人热泪盈眶，心潮澎湃。不只是我，很多读者，也被三毛的作品感动得一塌糊涂。大家感动的原因应该都差不多，便是被三毛行走的勇气折服。

三毛一路走，一路唱道："远方有多远？请你告诉我！"

没有人能告诉她，可她还是要义无反顾地走向远方，只因脚下有她巨大的勇气，远方有她蓝色的梦。

是的，行走是需要勇气的。

在我刚开始写作那会儿，对写作的理解是非常片面的，以为这是一件纸上谈兵的简单活。一边在书海里寻找写作的素材，一边又以书海里的表达手法来左右我的写作方式，造成的结果是：文章散乱不堪，句子华丽而没有内涵，段落漂亮而没有主线。后来，便觉得不对劲了，浩瀚的书海，并没有能够真正给我带来写作上的明悟，反而像一个个枷锁，把我的思维与心灵世界越套越牢，甚至连呼吸也会变得局促起来。在这样的境况下，往往会产生一些幻觉，至少我是这样。

看见一些背影，沧桑而坚定，竹杖芒鞋，沿着崎岖的山路，一点点往没有既定目标的前方行进。中途会有许多艰险，或悬崖峭壁，或豺狼虎豹，或狂风暴雨，他们心里比谁都清楚，可就是要上路，还一路沉醉高歌。我抄一条捷径，赶在他们前面的驿站拦下他们，只想郑重地问一句：你们是谁，为何要在路上？

他们谁也没有回答我的提问，在驿站喝了点酒，歇息了一晚，第二天又打点好行装上路了，一路风尘仆仆，却也逍遥自在。即便如此，我还是从他们熟悉的背影里，识得一些人。不认识不要紧，一认出来，除了震惊还是震惊——怎么会是他们？在寒风中，有几片枯黄的树叶落在他们远去的脚印里，我嘴里不停地叫着他们的名字：孔子、郦道元、李白、杜甫、崔颢、陆游、苏轼……

只听这些名字，便不得不对行走产生一点既深刻又奇怪的疑问。

满目荆棘的路上，到底还隐藏着怎样的魅力，让这些名传千古的大人物，也要打点行装，时常以行走的方式来证明生命的存在，以及表达人生的意义？

很长一段时间我也无法想得明白，只好背上行囊，独自闯进一个又一个陌生的城市。很多城市还依稀留有古代文人们的足迹，很深，也很浅，很远，也很近，很必要，也很无所谓。但从那些隐匿于风尘里的光阴中，似乎能探寻到一些了结心中疑问的线索。

是什么呢？

我一时还讲不明白。

只好继续上路，还是一个人，悄悄走进陌生的城市，而后又悄悄离开，最多与当地朋友见上一面，除此仿佛再无任何的搅扰。直到今天我也不明白，为何我会以一座座城市为行走的坐标，而不是那些散落于山水之间的名景胜地。好像是内心的勇气还不够强大，没有足够的信心去涉足那些四野苍茫的山水，只好去接近城市，即便陌生，至少到处弥漫着的，还是人间的烟火。

有人问过我："为何不报旅游团？"

也有人问我："为何不和朋友一同上路？"

我也没有回答，只向他们投去了比远方更苍茫的眼神，只要他们明白行走的意义，就一定会懂的。然后，脸上掠过一丝苦涩的微笑，又打点好行装，飘进下一座陌生的城市。真正的行走，一定是一个人的，有恋人，抑或是有朋友一道，便有了温暖的底色，越温暖，梦越容易破碎，路上风景也越容易落入走马观花的悲剧之中。报旅游团，更是不可取，那些被现代脚印泛滥了的景致，只能是一次又一次地失望，到了最后，即便还有气力，也没了上路的心情。我想，冰心名言"读万卷书，不如行万里路"中的"行万里路"，也一定是单身孤旅，独自面对未知的前路。

漂泊完二十二座城市后，我回到故乡，再回到我乡下的家中，做短暂的停歇。想从书架上找一本与行走有关的书来看，无意间，我的目光便落在了余秋雨的散文集《文化苦旅》上。这本书，我早已读过，印象尤为深刻，他的行走似乎要比我勇敢得多，也深刻得多。不过，我们的起点都差不多，他在序言中这样写道："我在这种困惑中迟迟疑疑地站起身来，离开案头，换上一身远行的装束，推开了书房的门。"可见，很多人的远行，都是带着这样那样的困惑出发的。

很快，《文化苦旅》又被我认认真真地读了一遍，我回头眺望那些走过的城市，突然有一种落寞。原来，我的这些行走，是多么轻松呀，选择的余地与空间实在太大。余秋雨笔下的那些山水似乎才是我真正的下一站，远行路上，只好给城市的孤旅暂时画上一个句号。可这样的句号，不止一个，很多，串联起来，又像是一个个还有下文的省略号。

那么，只好让这些文字集结起来，给先前的行走一个简单的交代。也仅仅是一个简单的交代，因为我整理完这些文字的同时，又将再次远行。

请不要问我下一站在哪里。

因为，我也不知道。

趁时光未老，
去远行
Contents

目 录

丽江：在时光里静静发呆

　　一定有一座城市是不食人间烟火的，待在任何一处角落都是隔世的清闲，什么俗世烦恼全都抛诸脑后，只剩下一颗不染尘埃的心在时光里，看着它，静静发呆。

　　丽江便是这样。

　　玉龙雪山像一条洁白的丝带，绕着丽江舞动，柔软而轻盈，煞是好看。这是丽江的天然屏障，任山外如何尘土飞扬，

浮躁喧嚣，都被阻隔在外，丽江静悄悄的，干干净净的，像每一瓣落在丽江的雪花，都洁净得纤尘不染。那些雪呀，可都是丽江内在生命的外化，风雨沧桑，哪里雕琢腐蚀得了丽江最原始的魂魄。

阿来一定是读懂了丽江的，因而他要先洗干净了身子，然后甘愿化作守护丽江的一片雪。他太懂丽江了，唯有以一片雪的姿态面对玉龙雪山，再以一滴水的意识流过丽江，才是亲近丽江最贴切、温润的方式。丽江的风貌与安宁全倒映在一滴水的影子里，在山间，在城里，哗哗地流淌。

这该是一滴怎样的水呀？

丽江心里明白，沉默便是它最好的回答。

而沉浮于苍茫尘世间的我，早已丧失了化作一滴无根之水的力量，甚至连身上的尘灰也无法拍打干净，只好以最本来的面目靠近它。丽江应该懂得，我的心与玉龙雪山的雪是一样的颜色，未曾陷落污秽。就算用最粗糙的方式走进它，也是静悄悄的，静得能听见一朵花开的声音。

相信丽江的花要比流水醒来得迟些，在天边的晨曦光晕里，我听见了流水潺潺的轻柔。丽江的清秀是水的杰作，雪山之水，清澈碧绿，缓缓穿城，氤氲了那些光洁如玉的小巷和古色古香的屋落。不知风雨了多少百年的大石桥上，有人唱着纳西的歌谣，

我听不懂，可丽江的早晨在那动人的歌声里美好温润。熟睡了一夜的鱼儿也醒来了，不断探出水面，像是在伸一个最慵懒的腰，抑或是在向桥上过去的人们打招呼。

丽江的一天就这样拉开了序幕。

跟随水流的脚步，绕过几道弯，有两架偌大的水车发出咿咿呀呀的声响。斑驳了的木质白灰色彩，不再光鲜，渲染着它的老态龙钟，而这正是丽江的旋律，它像一块生锈的齿轮缓慢地转动着。我不知，以这样的转速，要何等修为才能在近千年的流逝里不急不躁；我也不知，以这样的安闲，丽江的时光会不会于刹那间便停滞不前了。有几滴水被卷起来，很快又掉入水流里，可那一点一点浸润在水车皱纹里的部分，渗透着的全是漫长时光的味道。

像丽江这样的古城，我愿意一个人徜徉于那些比时光更幽深的巷子。五花石雕刻的岁月，很容易让人痴迷，就那样漫无目的地徜徉，心安宁得比一抹青苔更绿。薄薄的阳光打在巷子深处，有前世今生的味道，好似人生若只如初见，却又像故人颠沛流离后的相逢。风烟在这儿都净了，彻底拒绝那些太过喧嚣的词汇，只允许诸如慵懒、颓迷、闲逸、空灵、温婉、典雅、诗意等肆无忌惮地铺展。有裹着头巾的老妈妈，一只低矮的独凳，坐在屋檐下，背斜靠着墙，纳着鞋底，一针一线，穿过去的都是小城的过往与现在。丽江在她安详与慈善的眉目间，有了更古朴的姿态与深刻的存在意义。

最缓慢的时光，总是在不经意间，白驹过隙，有时快得让人惊讶——呀，上午的时光就这样过去了吗？

真是过去了，不由得你不信。街上的餐馆酒家的厨房里似乎都传出了脆香，很少有人能抵挡如此诱惑，味觉的防线相继失守，直往飘香的圣地里钻。可不是吗，此时此刻，餐馆酒家就是游客心中的圣地呀！我在一家叫"顺水楼"的酒家停下，实在是香得入骨，想挪半步都不行，只好定了定神，一头栽进去。我找了一个临窗的位置坐下，店小二说，顺水楼最有名的是豆豉烤鱼。那么好，就它吧。窗外是流水与街巷，从另一个角度凝视丽江，似乎有了不一样的风情。先是与它亲昵，而现在像是隔了一层纱看它，朦朦胧胧的，像一场扣人心弦的初恋，有些激动，又有些害羞。豆豉烤鱼，这道招牌菜，一点儿也没有砸了招牌，细腻鲜嫩，顺口爽滑，入喉有余香，就连作为辅材的莴笋与藕条也妙不可言，让人回味无穷。那股子香，像是浸进我的骨头里去了，直让人中了毒——在丽江的短暂时光里，定要遍尝这儿的美食。

不知为何，几乎每日都要午休的我，到了丽江竟然半点也没有想要小憩的冲动。望不到尽头的石板路，仿佛诉说着最沧桑的往事，河流也皱了皱眉头。丽江有着茶马古道最古老的模样，在通向远方的时光里，总有惊鸿一瞥在这儿停留。西风瘦马只剩下被拉长的影子，古道旁小桥流水还有人家，可以品一杯清茶，装下一世古意。我没有点很有特色的普洱，总觉得在丽江，再好，也好不过一杯清茶，轻轻地呷一口，仿佛那些洒在街巷院落的午后阳光一下子就淡了，淡得让人安心。痴痴地趴在二楼的窗前，看淡薄的阳光鬼斧神工地描摹丽江的古老与婉约，然后全部倒映在一个现代人的心里，缓缓流淌，慢慢苍老。真的，这样的时光最适合发呆，没有声音，静静的，哪怕一堵墙，一座桥，一道门，一株花，都行，一切的一切都在丽

江的无言中，蔓延开来。

随即蔓延开来的，还有些莫名其妙的疑问——

在千百个惶惶的日子里，究竟有多少是真正属于自己的？

不知有多少人在丽江被这样的问题难住，连自己也会可怜自己，原来灵魂总是游离在身体之外。我相信，丽江永远是以母亲的姿态敞开怀抱，将我们拥入，而后抛开凡尘琐事，大哭一场。眼泪掉落在旧时光里，丽江明白了所有的无奈与忧伤，然后轻轻说一句："孩子，回来吧。"

回到哪里？

绝不仅仅是丽江。丽江温暖而柔软的怀抱，也只是漫漫人生路上的一个驿站。最终要回去的地方，是最初的自己。回头，已看见，那个清水洗尘的人，与你长着相同的模样，有着一样的姓名，他在时光的尽头，向你挥手。当我轻轻触碰一块老得不知年月的砖头时，我开始怀疑：我真是在丽江遇见了一个自己，还是只是在丽江深闺里做了一场梦？如果是梦，为何那么真实，让人心头不禁弥漫着强烈的归依感。

不容我以尘世俗念去猜测，很快，丽江的夜就深了。丽江的夜与很多古城镇差不多，街巷河流旁，都高高挂起大红灯笼，可终究又别致得让人猝不及防。白天里安静不语的河流，突然热闹起来，远远近近，闪闪烁烁，一盏盏河灯承载着多少心愿与祝福。在河边，掬起一捧水到半腰高时，又倾泻河中，掀起一圈圈涟漪，那些形状各异，如乌篷船、莲花、鲤鱼、白菜的河灯摇摇晃晃，摇着摇着就奔向远方了。我不迷信，但我非常喜欢传统习俗，也买了一种乌篷船形状的河灯放。我许的愿，或许与很多人都不同，我许下的是——

此刻，时光在丽江凝滞。

可时光终究不会凝滞，薄凉的晚风带着我在远去的河灯里逐渐醒来。我一个人走在回客栈的巷子里，突然想起很多人在未来丽江之前的遐想：被贴上"艳遇之都"标签的丽江，会不会真遇上一场激情的艳遇，一见钟情，而后深深地坠入情网？

我想，应不是。

所谓艳遇，绝不是遭遇女色，而是在丽江惊艳的一颦一语里遇见自己，抑或是重新发现自己。

香格里拉：
远天下的"桃花源"

　　很早便听人说起香格里拉，只听这几个字，便有一种清丽婉约的美，也忍不住要像吐出几朵雪莲花般多念叨几遍——香格里拉，香格里拉，香格里拉……我实在是太喜欢这个地名，常站在黄昏的楼头眺望远方，以为远天一线的地方，便是香格里拉的所在。黄昏一次次在念想中如约而至，香格里拉仍然在远天之下，就这样过了不知多少个春秋。

　　读过一本英国作家希尔顿写的书，叫《消失的地平线》，其中描绘的世界真是纯美到让人窒息：天空净如明镜、蓝得深邃，圣洁的雪山绵延不绝，幽深的峡谷飞舞着瀑布，宁静的湖泊在繁茂的森林里安睡，成群的牛羊在美丽的草原上徜徉，金碧辉煌的庙宇在风中屹立。希尔顿叙述的正是香格里拉。我从来没有认为这是一部小说，反而更像是一部专门为浓重介绍香格里拉而写就的风光典籍。

　　希尔顿没有夸张，似乎还笔力不够，真正的香格里拉，还要细腻得多，那是文字无法地道展现于纸上的美。不过，即便这样，香格里拉，这块被雪藏了不知多少年的神秘之境，也应该感谢希尔顿，是他让世界知道了中国有这样一处"世外桃源"，也是他让我们自己更明白脚下的土地也可以美得那样纯粹。

走进香格里拉，我比走向任何一块地方都小心翼翼，生怕声响稍微大一点，便搅碎了它的宁静。怎能不这般小心，这是一个由诸多纯净词汇构建的完美组合——雪山、冰川、峡谷、瀑布、山峰、湖泊、森林、草原、蓝天、牛羊……像一幅不太真实的画。走进梦幻般的世界，纯净的物象便有纯净的感受词汇与之对应起来——明丽、清秀、闲逸、静谧、温婉、神圣、纯粹、舒心……香格里拉俨然把人间演绎成了梦的天堂，连"上有天堂，下有苏杭"这样的俗语，也刹那间失了颜色。

天堂在哪里？

我去苏杭时，以为就是那里无疑，可到了香格里拉，才猛然

醒悟，天堂一定在远天之下，只有远天才拥有造就天堂的神力。苏杭纵然很美，可人工复制与打造的痕迹太多，香格里拉保存着大量的天然场景，注定更能摄人心魄。河是大地的河：硕多岗河、岗曲河、东旺河、尼汝河、吉仁河、浪都河、安南河、良美河、汤满河、安乐河、白水河、麦地河；湖是自然的湖：纳帕海、碧塔海、属都湖、三碧海；连地貌也是天然的地貌：冰川地貌、冰缘地貌、流水地貌、湖泊地貌、岩溶地貌、构造地貌、重力地貌。空气也是天空酿制的美酒，一口口吸进去，总会沉醉，醉在仙境般的意象里。

有人在山间歌唱，有如天籁，没有任何的技巧，粗犷中显得有些粗糙，可就算如此，也格外动听。他的歌声在山间回荡，可以飘荡得很远，飘到香格里拉的每个角落。歌声里的阳光也特别灿烂，有些风，狼毒花随风摇曳，像儿时的摇篮，装着最洁净

的梦。

　　我曾真做过一个与香格里拉有关的清远的梦……

　　躺在绿油油的草地上，让阳光静静洒在身上，闻青草与野花的香味，听风中传来的牛羊咀嚼青草的响声，仰读一本最喜欢的书。累了，就把书放下，眯上眼，或想想最美好的事情，或什么也不想，抑或小睡一会儿。

　　没想到，这个梦在香格里拉的普达措做真切了。普达措是大自然的杰作，是天然的公园，有湖泊湿地，有森林草甸，有河谷溪流，有野花牛羊，与我梦中的圣地，只有美得过甚，没有半点不及。在属都湖湖边，我坐了很久，什么也没想，就静静地看着那些深邃的湖水发呆。似乎想什么都会沾上一点人间烟火，一沾上，便不合适了，人间烟火太不适合在这儿升起了。很遗憾的是，半下午便离开了，没能感受到黄昏的宁静与旷远。不过，又像不是一种遗憾。香格里拉是一种审美，真实与虚幻并存，存在于天地之间，也存在于意念之中。

香格里拉的县城也很干净，像眉目清秀的圣女，不染尘埃。在那些藏族风味浓郁的街巷里徜徉，是一种享受，特别是铺满阳光的午后。有的街上很多卖小饰品的藏民，他们的脸上印着深深的高原红，像酒醉的红晕，煞是好看。有一个藏族小女孩给我的印象最为深刻，她梳着辫子，坐在街边痴痴地看着行人，一言不发。有人要买她的饰品，她才肯开口说一些听似很笨拙的话。我买了她的一副银手圈，没有讲价，她也没有多说什么话，只对我微微一笑，又回到那种痴痴入迷的状态。或许，她的纯朴与缄默，正是香格里拉人在物欲横流的时代能坚守自我的一个缩影。

有想喝一杯酒的冲动，在午后的阳光里，在阳光的静谧与安闲里。去了玛索酒吧，很抒情，很温馨，暖暖的灯光里，飘荡着

舒缓的音乐。我要了一杯青稞酒，在藏区，唯有青稞酒才够味。我的酒量，差不多也就一杯，再多，就醉了。于灯红酒绿的现代都市，我常常喝醉，那是一种逃避世俗的行为，在香格里拉完全没有必要，这里本就在世俗之外。因此，微醉就行，有点晕，但什么都清楚，心里也不难受。有点酒意时，酒吧就浪漫起来了，那样的暖，有爱情的色彩。

趁着酒意里的浪漫，暗暗对自己说："等恋爱了，一定要带她来一次香格里拉。"是的，一定是香格里拉。除了香格里拉，还有哪座城市，可以如此像纯美的爱情，而后又不断净化爱情。

没有。

所以，张杰要带谢娜来香格里拉，甚至连婚礼也要在这里举行。我看过他们在香格里拉拍的几张婚纱照，取景正是香格里拉的天然风貌，脸上的笑容一点也不做作，真是很美，很浪漫。他们的爱，一定也是纯粹的，不容半点杂质。一个女人，能嫁给这

样一个男人，该有多幸福、多满足呀！香格里拉可以做证。

我是带着这样的纯净与浪漫离开香格里拉的，在虎跳峡回望香格里拉时，我想起了那首叫作《香格里拉》的歌，在 20 世纪三四十年代，这首歌几乎唱遍了中国的大江南北，人人都能哼上几句。离开香格里拉，这首歌无疑是最美丽的结尾——

这美丽的香格里拉

这可爱的香格里拉

我深深地爱上了它

我爱上了它

你看这山隈水涯

你看这红墙绿瓦

仿佛是装点着神话

你看这柳丝参差

你看这花枝低丫

分明是一幅彩色的画

还有那温暖的春风

更像是一袭轻纱

我们就在它的笼罩下

我们歌唱我们欢笑

啊啊啊啊啊啊这美丽的香格里拉

这可爱的香格里拉

我深深地爱上了它

是我理想的家香格里拉

扬州：冷月无声尽风流

　　"扬"字很美，总让人幻想起漫天扬花的场面，引人痴醉。扬州也是美的，美得一塌糊涂。李白"烟花三月下扬州"的迷魂汤不知灌醉了多少文人雅士。仿佛在千里之外，便已能嗅到扬州月光浸染的清香。有点凉意，有点幽远，不醉都不行。

　　薄凉的月光流过二十四桥风蚀的石头，冰清玉洁的女人衣袂飘飘，长袖挥舞，轻盈曼妙，翩若惊鸿。树影婆娑的夜，处处溢满风情。再拘谨的人，遭遇这样的夜，也免不了生出一些风流的奢望。总要想起"扬州八怪"——郑燮、罗聘、黄慎、李方膺、高翔、金农、李鳝、汪士慎。他们也是风流的，只是不在青楼，而是以另外一种方式演绎。风流在山水里，风流在宣纸上，风流在笔墨间。看过郑燮的《竹石图》，竹清石秀，也透着一股风流意韵。画上还题有一首诗："乌纱掷去不为官，囊橐萧萧两袖寒。写取一枝清瘦竹，秋风江上作渔竿。"多么潇洒的诗句，多么风流的心态。

　　李白的诗句也沾染上他的飘逸风流，而扬州被弄得神魂颠倒，下扬州的日子仿佛只有三月最够味。是，也好，不是，也好，我都迟到了。四月，我是春意烂漫的四月去的。错过了三月的烟花，可另一种萍水相逢的邂逅更让人心动——琼花。扬州有琼花观，那早已成为历史的烟云，琼花的风姿随风而去。我遭遇的琼花，不在那里，而是在南山文苑。一株独放，弄玉轻盈，楚楚动人，占尽扬州三之二分春色。花团绒繁，真像一个绣球，可

尽抛向天下有情人。就算白得那样透明、纯粹，因为身在扬州，也略显几分风流。

扬州琼花的往日时光里，一定忘不了他——隋炀帝杨广。因他的头上罩着亡国的阴霾，我对他的印象，一直不好。可我喜欢他那份风流，肆无忌惮，不顾生死，甚至有点淫逸。他做皇帝之前，在扬州待了十多年，扬州纵然再美，再风华绝代，也该腻了吧，可扬州有的是风流。可以想象——管弦丝竹，香娇玉嫩，莺歌燕舞，酒香四溢，风流得多么扬州。

扬州城是没有骨头的，酥酥的，像缓缓流过身体的水。是水，也是撒满花瓣的水，透着迷人的香。雇一辆人力三轮车，在扬州的巷子里，缓缓碾轧过去。青砖院落，垂杨绿柳，春风化笔，勾勒出一幅浓淡适宜的水墨山水。有点诗意，有点古意。没错，扬州是透着一股子古意的，仿佛那些艳极一时的扬州女

子仍风韵犹存，余香千年未散。有人说，扬州是一位永不苍老的女子，永远那样冰肌雪肤。可扬州于我，纵然有一天苍老了，也定是半点不减韵味的。扬州从来都是这样，历史烟云伴着硝烟散去，岁月淘尽，剩下的，不是满目萧条，不是破败荒凉，只有那些浓郁得散不开的风流。

可在扬州吃饭时，我却没有半点吃肉菜的欲望。扬州，似乎更适合点几样素菜，喝几杯小酒。餐馆是小觉林素菜馆，在扬州很有名气，朋友们也多次推荐。点一盘三鲜锅巴，再点一盘素肥肠，就够了。三两杯酒下肚，豪气仗剑般的风流，涌上心头。扬州适合这样的吃法，越简单越有味。像郑燮，风流得文雅淡薄，不食人间烟火，官也不愿当，就躲起来写写诗，作作画。真想再多喝几杯，可我没有。在扬州，一介书生，绝不能风流过头。也因心里还装着另一处胜景，只几分醉意，最适合去。

　　谈扬州，总避不开它——瘦西湖。瘦西湖，妙在一个"瘦"字上。熊召政说："西湖一瘦，便有了尺水玲珑的味道。"真是不错。修长的湖面掩掩藏藏，羞羞答答，半面含妆，赚足了江南水乡的朦胧意蕴。到了瘦西湖你才知道——有一种风流竟可以这样婉约。乾隆也是风流人物，很喜欢这份含蓄，来过一次不够，还

要来。游瘦西湖，要乘船，才够味。冶春—绿杨村—红园—西园曲水—大虹桥—长堤春柳—徐园—小金山—钓鱼台—白塔—凫庄—五亭桥—观音山，就那么看过去，一处有一处的风韵，冶春清幽，绿杨村安闲，红园典雅，西园曲水静谧……湖水将它们串联起来，一处风景，一粒珍珠，可穿成一条项链，便有了同样的花容月貌——风流。这种风流，清代戏曲作家李斗撰写的《扬州画舫录》，记载极为丰富，刻画也别开生面。年少时看，喜欢得不行，在心底起誓——长大了，一定要去扬州，一定要去瘦西湖。岁月无法腐蚀的风流，今天我带着它，赴一场远古的约会，久久拥抱，疯狂亲吻。

扬州不薄我，是夜，分了一点明澈薄凉的月光予我。扬州的夜，少了月光，便全然没了味，一点也不风流。唐代诗人徐凝有

一首写扬州的诗——《忆扬州》，让人爱不释手。诗中写道："天下三分明月夜，二分无赖是扬州。"天下三分月光，扬州就占了两分，扬州的明月夜该有多惊艳呀！不风流都不行。起舞弄清影，三杯两盏淡酒，要醉就醉在这扬州城里，要风流就风流在这扬州无声的冷月里。

扬州的月光，太容易，波心荡漾。荡来荡去，荡着荡着，便生出一些奢侈的念头——老了，就和爱人在扬州老城区买一处院落住下。这样的夜，与她共饮一壶酒，推杯换盏，该有多美。醉了，便倒在月光里，沉沉睡去。冷月薄凉，也无所谓，谁让扬州城里太容易发生风流。

苏州：吴侬软语里的婀娜

　　吴侬软语——定是专为苏州而生的。同属吴方言语系的其他几种方言中，如无锡话、绍兴话、丽水话都远没有苏州话小家碧玉。苏州话有种水波荡漾般的柔软，比如"衣裳洗过哉""侬字识否""乃走先"等，听来让人全身酥软。特别是听苏州女人讲话，像低吟浅唱，婀娜得不行，更有沁香，弄得你心春波荡漾。

　　苏州有个别名，叫姑苏，"姑苏城外寒山寺"的姑苏。"姑苏"

一词，也美得有暗香，让人由内而外地沉醉。有歌一曲——《姑苏城》，于我，特别倾心，吴语演唱——

姑苏城外第几春
便夜来湖上从相问
长洲苑绿到何门
那家云楼皆王孙
六朝碧台散作尘
剩九重门里万古冷
……
生平所幸皆历历，微尘白雪何留名。（念白）
春风渡与春风客，思君思至老白头。（念白）

……

寒山隔远钟，野雪不留踪

若问何处去，河灯照桥枫

山塘十里秀，梅雨正分龙

芦苇结舟望君珍重，两处不相送

……

秉烛聊番陈年事

再离别覆手二三言

不见王侯只见君

来年姑苏城

　　歌词古意缠绵，曲子似水幽远，听了一遍又一遍也嫌不够，还想要听，在光阴来不及散去的日子里。演唱者的苏州话很地道，吴侬软语的"软"，软到了蚀骨，苏州味道于亭台楼阁与前尘往事间妩媚。甚至，在千万里青山绿水外，满脑子里也全是苏州的风物：山水、园林、小桥、乌篷船、昆曲、名伶、评弹、才子、佳人……

　　从《姑苏城》的吴侬

软语里，走进苏州。走在苏州的街巷里，光阴是苍绿的，连大声呼吸也自觉不应该。很早以前，我便从语文课本里接触到苏州园林，是叶圣陶的《苏州园林》——讲究亭台轩榭的布局，假山池沼的配合，花草树木的映衬，近景远景的层次，"如在画图中"的苏州园林。拙政园—留园—网师园—艺圃—环秀山庄—耦园—沧浪亭—狮子林，一座有一座的风景与别致，山水自然，道法自然，人心自然，仿佛镌刻着天人合一的深邃与简单。池水边，几块普通的石头配上点绿杨垂柳，便有了尺水玲珑的味道。几竿竹子、几棵芭蕉，抑或几株蔷薇木香，心里就下起了细雨，一下子便湿润了。丝竹管弦拨弄着前世今生，那一弦一柱诉说着的，是谁五百年前的心事？

苏州风雅，历来缠绕着惊世骇俗的文艺气息。苏州评弹，便是一隅。在记不清数的夜里，我梦见苏州，于芭蕉窗下、绿水舟前，泡一杯绿茶，躺在藤椅上，痴迷于评弹的吴侬软语声中。苏州的梦，总是柔软得没有骨头，很容易碎掉，也很容易因破碎而走向如真似幻的现实。

曲径通幽处，温润天地间。在拙政园的琵琶声里，飘荡着吴语，声音悠扬，如空谷回响，哪里都是来时路，完全辨不清方向。咿咿呀呀的唱腔，浸润出来的幽谧，仿佛隔着千山与万水。喜欢张爱玲眼里的评弹唱腔："有如咬住了一个人的肉，咿咿呀呀地老是不松口！"评弹便是如此，是再平常不过的吴语，有种天然想亲昵的亲切。我四下寻觅，远远近近，绕绕回回，终于，在听雨轩的回廊上，我听见了它的心跳。听雨轩，今日无雨可听，只有不绝于耳的评弹如泣如诉，似乎比雨更属于听雨轩。弹唱的，是一名女子，粉黛妆容，身穿印有烟雨江南的旗袍，一看

便知是苏州人，透着水灵之气。她端坐在一张老旧的凳子上，怀抱琵琶，举止之间，婀娜多姿，唯有惊艳，丽人秋水般的顾盼娇媚，牡丹见了，也定会低下头，尽失颜色。可这还不够味，吴语唱词一出，更是惊艳四座。她弹唱的是《秦香莲》片段，抑扬顿挫，轻清柔缓，像丝线，缠缠绕绕，绕成一座苏州城，挽就你的心结。

心——柔软了，被俘获了，是苏州的了。萍水相逢，何必尽是他乡之客。在苏州，太想发生一场邂逅，她——必定是苏州女人。苏州的水润，注定出美女，不，不仅美，而且还有旷世之才。比如，赵飞燕、赵合德、薛素素、苏小小、柳如是……这些倾国倾城的女人，都是天上掉落于人间苏州的一滴水。没错，苏州女人是水做的，小蛮腰的婀娜多姿，笑容的半面含羞，男人看了，泥土的心，瞬间就软化了。在苏州城里转悠久了，很容易产

生一点自私或是荒唐的心理——与苏州女人谈一场无须结局的恋爱。也学几句苏州话，那些徜徉于耳边的甜言蜜语，全是蚀骨酥心的吴侬软语。青山隐隐水迢迢，月光皎皎多妩媚，乌篷船上微醉歌一曲，我抚琴来她唱词，夫复何求？

最好，她也会唱几句昆曲。

我对昆曲的痴迷，要比苏州评弹更义无反顾。每次听《牡丹亭》，总要把琐碎的心收拾得干干净净才行，容不得半点杂念。坠入昆曲的世界，便是来到了空灵、幽远而深邃的世外桃源。昆曲的美，美得比评弹要更彻底、更惊艳。昆曲的辞藻、唱腔、服饰都特别讲究，一定要做到极致，一出场，便惊艳得一塌糊涂。昆曲里的那种苍凉、悲壮、典雅、梦幻与诗意，苏州人是懂得的，因而几百年里都要深深痴迷其间，不愿自拔，也不能自拔。

很难想象，苏州人群体聚集于虎丘听曲的盛况，那该是怎样一种
迷恋呀？悠扬的笛声中，皆是比梦更迷幻的景致，像《牡丹亭》，
总让人以为那是一场梦——

原来姹紫嫣红开遍
似这般都付与断井颓垣
良辰美景奈何天
赏心乐事谁家院
朝飞暮卷
云霞翠轩
雨丝风片

烟波画船

锦屏人忒看得这韶光贱

……

　　好一个杜丽娘，好一个柳梦梅，汤显祖这一出《牡丹亭》，该是迷醉过多少人呀？！我长久地徜徉在如此悲壮而动人的意境里不愿离开——"情不知所起，一往而深。生者可以死，死可以生。生而不可与死，死而不可复生者，皆非情之至也。"为爱，魂断，杜丽娘甘愿埋骨三年，真是情之至，让人看来不痛哭流涕也不行。

　　在梦里，昆曲沉睡过许久，睡到有些颓废。可苏州终究是水滋润的，水不曾干涸，昆曲便不会失魂落魄到覆灭。后来，又听到白先勇的《牡丹亭》（青春版），便更觉昆曲不曾走散，也必将不会走散。只因，昆曲是苏州的，是中国的，也是世界的。

　　今年，三月的某个午后，我在自家院落里小憩，耳边放着的，正是《牡丹亭》——"原来姹紫嫣红开遍，似这般都付与断井颓垣……"突然，接到一个电话，是苏州的朋友打来的，她操一口苏州音，很婀娜，很好听，纵然多数都听不懂。但大意我明白了——

　　春水洗净了苏州，山水、园林、小桥、乌篷船、昆曲、名伶、评弹、才子、佳人，都苏醒了。欢迎你，烟花三月下苏州。

　　我说——

　　立马就来，马不停蹄地来。

　　朋友，等我。

　　苏州，等我。

成都：安闲在慢里

　　成都是慢得安闲的。它像一位饱经沧桑的老者，厚重，却把世事也看淡了。淡得有点不食人间烟火，只愿泡一杯茶，于杯茶间任光阴逝去。

　　于是，常听人说，成都是一座来了就不愿离开的城市。

　　一点也不错。

　　成都也算是大都市，可比起上海，比起北京，总像慢了半个节拍。连呼吸也是慢的。迷雾的早晨，我可以在一朵花前驻足许久。那个黄昏，在府南河边，有两位老人下着棋，围观者甚众。老人一点儿也不着急，下一步棋，可以捻着胡须思考好一会儿。着急的，往往是旁边的观众，总是一副迫不及待的样子。其实，他们的内心也是慢的。快的，只是那点一晃而过又自以为是的想法。沿着府南河走，尽是散步的

人。三三两两，有的还遛着狗，抑或其他宠物。几乎很难看到疾行的脚步。疾行，在这儿，太不合时宜，也太不入乡随俗了。

府南河边，遍地是茶馆。不仅府南河边，成都随处都是茶馆。因为慢，也在茶里。成都人爱喝茶。吃早茶、下午茶的人都多。随便走进一家茶馆，都是人满为患。从门口到里屋，短短的距离，也会变得艰难。你只能侧身往里挤，一点儿办法也没有。大多数茶馆是热闹的，张三隔着李四，还很远就大声招呼着王二。跑堂的店小二，也常忙得晕头转向。有的茶馆清幽一点，那么茶客们的言谈也会变得小心翼翼。茶馆里，热气升腾，烟雾弥漫。茶客们喜欢摆龙门阵，想到什么摆什么，可以大到国家政治，也可以小到家常琐事；可以远到三国天下，也可以近到眼前适才，一点也不拘束。一碗盖碗茶泡着，一坐，便可以是一上午，或是一下午。到处充斥着安闲的气息，连骨子里也是。时光，

　　就这样在不知不觉里，一点点浸润过去了。对，是一点点浸润过去的。我不喜欢热闹，有时会找一家临河的茶馆，搬一张椅子，一个人到河边独自品茶。有时，眼光游弋在过往的人群里；有时也对着一只水鸟痴痴发呆。

　　成都的四季也是慢的。每一个季节来，都好似不经意。

　　呀！桃花开了，春天来了；

　　呀！穿短袖了，夏天来了；

　　呀！树叶落了，秋天来了；

　　呀！梅花开了，冬天来了。

　　面对四季的更替，成都人喜欢用一个"呀"字。在他们眼里，四季是打上了惊叹号的。成都的四季是一点点缓缓而来的，总让人毫无察觉。当人们感知到季节的变化时，其实，季节早已更替了。成都的四季就是如此，它与北方的四季完全不一样。北方的四季，总是来得迅猛，来得干脆，来得果断。不，成都一点也不。成都人习惯了那种慢，到了北方总是没法适应。

成都的食物，种类繁多，口感极好，是最让我喜欢的。总想一次性吃个够，可是一吃便发现多得"乱花渐欲迷人眼"——夫妻肺片、肥肠粉、刀削面、担担面、荞面、兔头、糖油果子、香辣蟹、串串香、火锅、冷锅鱼、芋儿鸡、瓦罐鸡汤、回锅肉、麻婆豆腐、羊肉汤、凉粉、卤肉锅盔、冒菜、豆瓣鱼、凉拌白肉、毛血旺……都想吃，吃得让人流连忘返，不知年月。成都人对吃的追求比任何城市都要讲究。俗话说，慢工出细活。成都美食就是这样，一道工序也不能少，宁愿慢一点，再慢一点。有时，外地来的客人，不明就里，总会催菜。可左催右催，左等右等，就是不见上菜。服务员连忙解释：慢工出细活，一定不会让您失望。果然，从不会失望。越是细腻的美食，越是要等。所有的美味，都在一个"慢"字里。所以，每次去吃美食，无论我的心里

如何迫不及待，总会耐心等待。不只是我，那些成都人和渐渐习惯成都节奏的外地人，都在慢慢等。

在武侯祠，我突然有种感觉，成都的历史也是慢的。那么多崇山峻岭死死守卫着它，像铁甲战士，一刻也不肯松懈。什么战火连绵，什么哀鸿遍野，成都几乎从来都不去参与。那些历史都太着急往前行进，越着急，成都越是要避开。成都早已看淡了名利。它爱自己的民众，绝不允许让自己的大好河山变成大战场。那么就慢下来，连驰骋千里的战马都像是慢了下来。在成都，诸葛亮率军出发征讨，也是慢的。历史到了成都，总会突然慢了节拍，再紧急的讯息都像是绕了一个圈。

成都的安逸，注定了成都的稳定，以及稳定中的慢，也注定了大批大批的文人墨客要穿越比上青天更难的蜀道而来。余秋雨说，成都的名胜古迹，有很大一部分是外来游子的遗迹。杜甫草堂便是。去杜甫草堂更能体味到成都的那种慢——散乱的、舒缓

的、沧桑的、浩渺的，也是诗意的。

是的，诗意的。

身在杜甫草堂本就是一首诗，加上浣花溪的碧波澈流，心也荡漾了。柔柔的，软软的，暖暖的，淡淡的。本无诗才，只想泡一杯清茶，读一本闲书，躺在藤椅上，静静地消磨时光。光阴薄凉，时光静得惹人怜。幽深的巷子里，时而飘出古筝的声音，古典，优雅，听来让人动容。脚步也会慢下来。这样的慢，太适合养人，特别是文人，又尤其是诗人。诗也透着慢的气质。肖复兴来到成都也说，成都是诗意的，人的骨子里透着的，也是诗意。流沙河诗才不竭，也定是喝了成都这一杯安闲的茶。

还嫌不够慢。成都要来几场连绵的阴雨才够味。雨，落地生烟，烟雾弥漫，车也慢下来了。生活节奏变得更慢，仿佛全身的骨头也酥软了。到了晚上，雨还在下，有想喝酒的冲动。邀三五个朋友一起，慢慢地喝，不醉不归。

其实，成都本就是一杯酒，所有人都醉了。我一口口喝下去，心甘情愿，醉得一塌糊涂。这样的醉，十分动人，谁又会不喜欢呢？

徽州：一生痴绝处

徽州在安徽，可在安徽的地级市与县级市里，我连它的影子也没有找到。后来，多方查证才知道，今天的黄山市，便是曾经的徽州。请恕我不敬，即便如此，我在到达黄山市时，也是以走近徽州的姿态去读它的。徽州，在某种程度上，不仅仅是一个地理概念，更是历史概念、文化概念、思想概念。如此，从我内心最真实的世界而言，徽州要比黄山更能代表一座城市的表象与内在。

明代大戏剧家汤显祖到过徽州，一到这里，便深深爱上了。汤显祖应是个有情人，并且只要爱，便定是不顾一切地爱，地可以老，天也可以荒。他的代表作《牡丹亭》中有一句流传很广——"情不知所起，一往而深。"我想，他爱上徽州便是这样。他对徽州的评价很高，简直像是一个游子对家乡的吹捧——

> 欲识金银气，多从黄白游。
> 一生痴绝处，无梦到徽州。

真是写得太到位了，已是"一生痴绝处"，唯有"无梦到徽州"。汤显祖写得一点也不错，徽州值得用一生来痴迷，到徽州

也不用带着浓郁色彩的梦，因为徽州本就一个永远做不醒，也永远不愿醒来的梦。

很多人，要在徽州前面加一个词——水墨，水墨徽州似乎已成为一种印象，抑或是一张名片。这张名片并无浮夸，徽州是由黑、白、灰三色勾勒的一幅水墨，当我将心靠近它时，我可以断定。墙是灰白的，有些脱落；瓦是灰黑的，有些陈旧；小巷也是黑白的，有些沧桑。素淡的色彩倒映在澈碧的水里，清幽缓缓流过岁月的双眸，一点点黯淡，又一点点浓郁，浓淡相间，一幅旷世的水墨画就铺展在大地与历史的烟云里了。

水墨徽州，下点雨会散得更开，意境也会更深远。就像一幅水墨画，洋洋洒洒地下笔泼墨完成，很粗糙，然后喷一点水雾，层次就出来了，浓的浓，淡的淡，近的近，远的远，这才大功告成了。微雨于徽州而言，便是那最后一喷的水雾与一幅水墨，不可或缺，缺了，便失了味道。

雨水是徽州的常客，很多人到了这里，总能碰见一场雨。雨好像懂得徽州的节奏，来得一点也不着急，一点，一点，每一滴似乎都能看得清清楚楚。我喜欢这样的意境，何止是一幅幽远水墨画，也是一首柔软的诗。打一把油纸伞，在巷子里徜徉，自己也会变成画中的一点墨，抑或是诗中的一个词。青石板路，黛瓦，屋檐，木门还有马头墙，都是必不可少的意象，皆是美丽的化身，组合起来，瞬间便幻化成一种大美。李敬泽笔下的徽州是这样的："马头墙投下层层叠叠的阴影，白发老人在阴影中追忆，徽州的繁华已成依稀的旧梦……"这是淡淡阳光下的徽州，哪有雨中的徽州更能代表徽州的过去与现在？雨能洗掉纤尘，也能洗掉痴妄，却洗不掉老掉的光阴与比现实更真实的梦。即便"徽

州的繁华已成依稀的旧梦"又如何，我徜徉在雨中的徽州，喜欢的就是它褪去繁华色彩的素净，以及"不以物喜，不以己悲"的豁达心态。

那些有些走位的木门可以为徽州人的心胸做证，心胸不宽广，怎么能容忍这些破旧而有失颜面的古老木门呢？这是普通的徽州民居，很有特点，不仅外面像水墨，里面也像，亭台水榭，雕梁画栋，很清幽，也很讲究，砖雕、石雕、木雕，样样都不可少，样样都雕工细腻，别出心裁。院落是传统的古典构造，客厅、卧室、厢房、天井、庭院，安排得井井有条，典型的四合院风格，很中国。有人说，这是徽州人的穷奢极欲，我倒觉得不尽然。挣了钱，给自己与家人修一座像样的院落，有何不可呢？这

些民居大多被山水环绕，山清水秀，住在里面的徽州人该是有多
幸福呀！

　　徽州有三绝，民居只是其中一绝。另外两绝也不简单，分别
是祠堂与牌坊。

　　能进入宗族祠堂，是一个人在死后莫大的荣耀，抑或是最
后的安慰。徽州人很讲究，大大小小修了无数祠堂，平平常常
地供奉着他们的祖先。我去过几家祠堂，很干净，极少尘灰，
像是经常打扫。这些祠堂都有一股阴气萦绕，像是对来人宣示
着它的尊严——只可远观，不能靠近，只可仰望，不能逼视。
在徽州，能进入祠堂的，一般都是生前有功名，或教化有功，
抑或是躬身践行封建伦理道德突出的人。可以看出，徽州人对

祠堂的纯洁性与尊严性是很在乎的，从来不敢有所玷污，更不敢数典忘祖。仰望那些祠堂，也就是在看徽州人的历史，很古老，也很真实。

再来说说徽州的牌坊。我对牌坊的最初印象是不怎么好的，那是看余秋雨散文《牌坊》时的真切感受。余秋雨写道："立牌坊得讲资格，有钱人家，没过门的姑娘躲在绣房里成年不出，一听男方死了，见都没见过面呢，也跟着自杀；或者……"牌坊既然如此束缚人的本性，那要这些牌坊来做啥？当然，余秋雨说的是贞节牌坊，可这在徽州数量众多的牌坊里所占的比例并不小。除此之外，还有些牌坊是为了纪念"忠孝节义"的典范人物的，是好的，是值得宣扬的。徽州的古老，并不代表徽州的保守与无知，今天再也没有新的贞节牌坊在徽州出现。那些透着岁月沧桑的牌坊，立在如晦的风雨中，不再是一种精神的象征，只是一种纪念层次上的景致罢了。

讲了这么多徽州，似乎都还没有说到最让徽州人骄傲的标志——

徽商。

徽商是全国具有代表性的商人之一，在历史的长河里，也曾激起过千层浪，差不多可以与同时期的平遥商人并肩。汤显祖也毫不避讳地讲了"欲识金银气，多从黄白游"，要想沾上财气，就要多到徽州走走。徽州有这个资格，徽商也有这样的底气。徽商很智慧，我看过一本书，叫《徽商的智慧》，整整一本书都在分析徽商成功的因素。徽商的经商之道，又岂是三言两语能说得清楚的，但我听过一个发生在徽州渔民身上的故事：徽州渔民养鱼鹰，会给鱼鹰的脖子上系绳套，绳套不能大也不能小，要控制

好尺寸。鱼鹰如果叼到大鱼，吞不下，便会飞回船上吐出来，如果叼到小鱼，便吞下，饱了肚子。

这是徽州渔民的生存之道，也是徽州商人的经商之道。徽州商人有种儒雅气，又把他们称作"儒商"，这种儒雅气并不是性格上的柔弱，而是一种智慧。他们不只追求利益，也注重推进文化、培养人才，既是当下的考量，也是长远的打算。真的，不得不佩服徽商的智慧，以徽商为主体的两淮盐商对于乾嘉时期清学全盛以及经济大繁荣的贡献，完全有资格载入史册。因此，也就有了民间广为流传的"无徽不成镇""徽商遍天下"等俗语。即便今天，徽商在经济与文化的发展中，不再具有那么重要的作用了，可成千上万的商人，也都还学习着徽商的智慧。不得不让人夸赞一句："徽商，真是了不起。"

　　雨后的徽州，没有阳光，空气中弥漫着薄薄的雨雾，缠缠绕绕，又是另一幅水墨丹青。我悄悄给徽州打了个招呼，之后便静静地融入那些虚无缥缈的雨雾中去了。在徽州，我只想做画中的一点墨，抑或诗中的一个词，像汤显祖那样，生生世世地痴迷。

　　水墨徽州，好吗？

绍兴：追寻课本里的模样

很小便知道了绍兴，即便它与我所在的地方隔着千山与万水。这要说到鲁迅，以及他的那篇叫作《从百草园到三味书屋》的散文。百草园是周家的菜园子，鲁迅写时，已卖给他人；三味书屋是有名的私塾，与周家隔河相望。它们都在绍兴城内，在鲁迅年少的记忆里，也在许多孩子少年的语文课本里。

至今我也还大概记得鲁迅在文章里回忆的故事与场景，甚至还能背诵其中的一些段落，比如：

冬天的百草园比较的无味；雪一下，可就两样了。拍雪人（将自己的全形印在雪上）和塑雪罗汉需要人们鉴赏，这是荒园，人迹罕至，所以不相宜，只好来捕鸟。薄薄的雪，是不行的；总须积雪盖了地面一两天，鸟雀们久已无处觅食的时候才好。扫开一块雪，露出地面，用一枝短棒支起一面大的竹筛来，下面撒些秕谷，棒上系一条长绳，人远远地牵着，看鸟雀下来啄食，走到竹筛底下的时候，将绳子一拉，便罩住了。但所得的是麻雀居多，也有白颊的"张飞鸟"，性子很躁，养不过夜的。

可以这么说，对绍兴的喜欢，在很大程度上，是从鲁迅开始的。后来，又读到鲁迅的小说《故乡》，以及《孔乙己》，都有着绍兴的影子。特别是《孔乙己》，印象深刻得让人怎么也忘不掉。鲁迅把发生故事的那个地方叫作"鲁镇"，其实那时"鲁镇"并不是真实存在的，只是鲁迅以绍兴为背景的一种延伸。他笔下的鲁镇酒店，其实就是绍兴酒店的格局："都是当街一个曲尺形的大柜台，柜里面预备着热水，可以随时温酒。"

大概是因为鲁迅的缘故，而今的绍兴，就有两家酒店用上了"咸亨"这个店名。一家叫"咸亨大酒店"，是五星级的，楼很高，气势恢宏，完全失去了鲁迅笔下的滋味。另一家就叫"咸亨酒店"，古色古香的老式建筑，即便粉刷上光鲜的颜色，也还能窥见历史的痕迹。没错，这便是鲁迅笔下"温一碗醇香的黄酒，来一碟入味的茴香豆"的咸亨酒店。只不过今天的咸亨酒店，不

再是一碟茴香豆，一碟盐煮笋，抑或是一碟荤菜那样单调，有着
各式各样的绍兴菜，比如糟鸡、糟鱼干、醉蟹、醉腰花、酱鸭，
当然也仍保留着像茴香豆、咸煮花生、油炸臭豆腐这样的下酒
小菜。

　　不为别的，就为一篇《孔乙己》，也得在这咸亨酒店喝上一
顿小酒。绍兴的黄酒是出了名的，馥郁芳香，放得越久越香，所
以也把绍兴黄酒叫绍兴老酒。其味道就在一个"老"字上，有
古越绍兴的风情，琥珀色的酒，一口又一口下肚，很香醇，时光
一下便老到百年前的绍兴，有点愚昧，有点闭塞，却满是古朴纯
善，特别真实。叫了一盘醉腰花，再点了几碟小菜，当然少不了
茴香豆，还有一瓶黄酒，坐在最角落的一桌，一个人，慢慢地
酌。邻桌有几个人一起的，像是写文的人，边喝边聊，聊的都是
与文学相关的话题，比如谈到鲁迅比莫言更有资格获得诺贝尔文

学奖等。他们小酌浅饮，吟诗作对，很有些雅致。他们不知道旁边的我，也写文，如果知道，一定会邀我喝上几杯。有这样一些人如此这般喝酒，即便咸亨酒店的装潢越来越富丽堂皇，也将永远留下不变的老绍兴风韵与酒文化。

喝到微醉，想也不想，就往鲁迅故居走去。鲁迅的一生，到过不少地方，待的时间长了，也可以算得上是故乡，因而鲁迅的故居不止一处，北京、上海、广州都有。我还是喜欢绍兴的鲁迅故居，很简单，低矮陈旧，比起其他三处鲁迅故居都要显得落魄一些。可正是如此，才更有光阴的足印，才更贴近真实的鲁迅。鲁迅故居临水，水清而柔，典型的江南水乡的情调，很温婉，很妩媚。有时，我会想，这真是鲁迅的故居所在吗？如此柔软，与鲁迅的铮铮傲骨形成鲜明的对比，可转念一想，也对，至柔也就是至刚。

像鲁迅故居这样的老房子，绍兴有不少，是一个典型的江南水乡小城，小桥流水人家。水很澄碧，像春天的倒影；桥很多，都是风雨斑驳的石桥；小街小巷也交错纵横，皆是青石板铺就；还有乌篷船，边行边有"绍兴大板"传出。这些意象组合起来，江南味道就足了，比水墨还水墨。有人说："绍兴，水清，清不过漓江；林园，不比苏州；古致，不及乌镇。"我不以为然。雇了一辆黄包车在绍兴老街随意地逛，古老的屋舍在眼眸里一点点过去，有些墙斑驳了，像长了青苔般苍绿。累了，河边停下来，静静地坐着，看乌篷船从眼前过去，听"绍兴大板"，也有人唱着越剧。坐久了，眼睛仿佛长满了河水的清澈，又雇了一辆黄包车，绕着那些老街转。

这样转，毫无目的，却很容易邂逅一座园子，历史与今天都

叫它沈园。

　　沈园可不是一座简单的园林，它的美，绝不仅仅在于那些雕梁画栋、小桥流水，以及假山怪石，而在于比它本身更美得多的遥远故事。也因为这个故事，今天的沈园景致的命名，大多与之关联，比如春波惊鸿，残壁遗恨，宫墙怨柳……

　　故事真是很美，男女主角，都不简单，大家都应该知道，男的叫陆游，女的叫唐婉，是才子与才女。唐婉是陆游的表妹，可谓青梅竹马，情投意合，两家人都很喜欢，很快便成了亲。他们的婚后生活很幸福美满，她为他铺纸磨墨；她弹琴歌唱，他为她伴奏。琴瑟甚笃，水乳交融。可陆母看不下去了，她的儿子是要考取功名光耀门楣的，怎能沉醉在一个女人的温柔乡里，不思进取。于是，陆母多次责备唐婉，到了最后硬是逼得陆游休了她。后来，陆游娶了王氏，唐婉嫁了赵士程，一别便是许多年。

绍 0860

再相见时，陆游已三十一岁，地点正是沈园。谁都没有预料到，这许久的分别，还能在这样毫无征兆的情形下再见面，他们的心都疼了。唐婉是与赵士程一起到沈园春游的，碍于丈夫在场，没有向陆游打招呼，只是不断向他投去哀怨的目光。陆游亦是悲从中来，他有很多话想对唐婉说，可唐婉很快便没了踪影。陆游只能空叹命运的捉弄，时光的无情，忍不住地疼，全都写在沈园的墙上——

红酥手，黄縢酒，满城春色宫墙柳。

东风恶，欢情薄。一怀愁绪，几年离索。错，错，错！

春如旧，人空瘦，泪痕红浥鲛绡透。

桃花落，闲池阁。山盟虽在，锦书难托。莫，
莫，莫！

　　这首词，叫《钗头凤》，陆游怎么忘得了那支送与唐婉的凤
钗。唐婉没能及时听到陆游的心声，她看到陆游的题词，已是第
二年春天，整整过了一年。她反复吟诵墙上的词句，越读越心
伤，不禁泪流满面。唐婉的词也写得不错，便在陆游的《钗头凤》
下面附和了另外一首《钗头凤》，同样写得一个疼呀——

　　　　世情薄，人情恶，雨送黄昏花易落。
　　　　晓风干，泪痕残，欲笺心事，独语斜阑。难，
难，难！
　　　　人成各，今非昨，病魂常似秋千索。
　　　　角声寒，夜阑珊，怕人寻问，咽泪装欢。瞒，
瞒，瞒！

　　晚年的陆游，又几度来过沈园，看到半壁残墙上的两首《钗
头凤》，更是老泪纵横。此时，唐婉已去世差不多四十年了，可
陆游怎么放得下那段情呀，触景生情，悲从中来，不禁又写下诗
作《沈园》——

　　　　城上斜阳画角哀，沈园非复旧池台。
　　　　伤心桥下春波绿，曾是惊鸿照影来。

　　这段往事如同绍兴黄酒一般，越久越香，八百余年过去了，

也仍然飘荡在绍兴的每个角落。谁负了谁吗？都不是。要怪只能怪命运。这点绍兴人明白，所以一点也不厚此薄彼，谈到陆游与唐婉，都是同样的惋惜。无论如何，绍兴有了沈园，时光可以拉得更长，长到每一个人都要从那些隐约的缝隙间去寻找真实。

绍兴可以游览的地方还有很多，比如兰亭、镜湖、会稽山、美人宫等；绍兴可以凭吊的名人也还有很多，比如西施、嵇康、王羲之、谢灵运、秋瑾、蔡元培、周恩来等。这些似乎都可以从语文课本里见到一些踪影，原本打算挨着去追寻，可由于时间紧促，我不得不带着一丝遗憾离开绍兴。

离开绍兴时，正有人来，打着标语：读着课本游绍兴，真好。我心里明白，绍兴我还会再来，只因我还未尽数追寻到课本里的绍兴模样。请允许我对绍兴挥挥手，然后轻轻地说一句——

等我，绍兴。

上海：烽火里透着风情

上海有过太多的烽火，烽火里有太多的故事，连春日的雨水、夏日的阳光、秋日的落叶、冬日的雪花都刻满历史的模样。很多时候，上海显得不太真实，如镜花水月。把万种风情演绎得淋漓尽致的女人，用胭脂与口红涂抹上海的妩媚与柔情。

喜欢那一袭旗袍，优雅而妖娆，往女人身上一穿，满是惊艳，尽显风情。若是再叼一支香烟，男人看了，就像一块泥正好遭遇一杯水，瞬间就软化了；如何雄心壮志，此时此刻，都抛诸脑后，十万八千里也不算远。

这样的女人，是属于上海的。

看张爱玲的旧照，最喜她穿旗袍的样子。有一张最有味道——她穿黑平缎高领无袖旗袍，眼神略显哀愁，却一点不失妩媚。相信胡兰成也一定痴迷这样的张爱玲。有点寂寞，风情万种。张爱玲的寂寞与风情，正是烽火里上海这座城市的真实写照。上海——只有风情注定不够，张爱玲要为它浓妆艳抹，涂上传奇的色彩。看文林的文集《寻找张爱玲的上海》，总以为张爱玲的悲欢离合与这座城市的人文传承怎么也无法分割。岁月在风声里沙哑，可一座城市的记忆竟可以因一个人的传奇而留下深深烙印。

喜欢段奕宏主演的电视剧《上海上海》。他主演的刘恭正率

性而坚韧，从经营大新舞台，到成功创办大世界游乐场，这种大胆的创新拼搏精神，既是昨天的上海，也是今天的上海。背靠长江，面朝大海，在一百余年的历史风云里，上海从来都不缺这样的眼光与气质。

硝烟四起的烽火没了，取而代之的是另一种"烽火"；繁华的十里洋场绝了，拔地而起的是另一种"繁华"；风华绝代的旗袍少了，尽情演绎的是另一种"妩媚"。

陆家嘴，南京路，东方明珠，外滩，连船行如梭的黄浦江也透着一股气吞山河的大气。那天夜里，和阿慧在东方明珠附近闲逛，她要我给她拍张照，一定要拍下东方明珠的全貌。相机里的东方明珠闪烁着多彩的霓虹，高耸夜空，眼观四野，仿佛整个世界尽在它的眼中。近代以来，上海的眼光从来都是国际的，谁也无法阻挡它以国际大都市的姿态屹立于东方中国。商场"烽火"，从容不迫，那些繁华过后，凋零终是再次风华绝代的前奏。十里洋场——于沉浮烟云间，华丽转变，我愿意叫它——十里中国。

上海有这样的底气。

上海人也有这样的自信。

在背对那些惊艳女人的世界里，上海男人表现出充分的坚韧、创新、精干与智慧。而那些于一袭惊艳到另一袭惊艳的上海女人，也毫不逊色，以不卑不亢的姿态出现，与男人们谈判与磋商。一半流着上海血液的杨澜，便是如此——秀外慧中，气场如虹。在国内，甚至国际的各种舞台上，常有一群贴着"上海"标签的人，扮演着极其重要的角色。在上海人坚定的目光里，有一种天生的优越感，有时让人羡慕，有时又有点让人厌恶。

上海人的风光无限，很难与他们在私下生活里的"小气"联

系起来，甚至想象也不会。上海人的"小气"，很明显地表现在吃饭上。阿慧是上海人，每次与她去餐厅吃饭，她总是说："少点一点，多了，吃不完。"有时吃不完，阿慧一定要打包，拿回去，下顿热了，再吃。上海人的光芒，在饭桌上仿佛一下子就黯淡了，淡得没有半点色彩。可于奢华色彩中，看不见的，反而是那些大讲排场的斑斓，越朴素，越清晰，越深入人心。这种光芒，是隐晦的，可隐晦得让多少人尽失颜色！

陈丹燕在《上海的弄堂》里写道："要是一个人到了上海而没有去上海的弄堂走一走，应该要觉得很遗憾。"一点不错。繁

华背后的弄堂该是有另一番上海风味，或许，还要地道，还要风情。

秋日的午后，有些阳光，有些微风，我独自闯进一条弄堂。两三层的楼房，稀稀疏疏落下些许阴影。底层开着些店铺——杂货店、水果店、理发店……都不大，与南京路、陆家嘴这些繁华的地带形成鲜明的对比。但于上海而言绝非一种戏剧化的矛盾，而是一种包容。就像上海可以接受一切的艺术形式一样。高雅如音乐会，常在许多城市遇冷，可到了上海总是听众云集。信步于弄堂里，常能听到一些怀旧的声音——如京剧，如昆曲，也有一些民国味浓郁的歌曲。不知是谁放着邓丽君的《甜蜜蜜》，像留声机放的，那种略带沙哑的味道，刹那间便让人产生错觉，以为回到昔日上海。那些往日妖娆的女人也素颜打扮，有时甚至穿一双拖鞋，在弄堂里低调穿行，可那骨子里的风华绝代，是一点也掩不住的。枯黄的梧桐叶，也总愿意跟随她们身上的那股迷人香味而舞蹈，片片凋零得心甘情愿。

这样一座怀旧的城市，在高速飞奔的轨道上，绝不会忘乎所以。在豫园、枫泾、上海老街都有一种时光瞬间凝滞的感觉。那些雕刻着旧日时光的院落、楼阁、石头与栏杆，都小声讲述着埋葬在烽火里的上海故事。在上海的生命历程中，它很清楚自己应该坚守什么，应该摒弃什么。它早已看透人世间的种种颠覆，所以它总是在堂皇的姿态下思考着过去、现在与未来。它走在时代的最前沿，可它也漂流在历史的河流里，它永远只做它自己，谁的诱惑都不起作用。

某个夜晚，天上月明星稀，我和阿慧在南京路的一家酒吧里喝酒。阿慧喝不了多少，几杯酒光景便有些头晕，直喊不行了。可她那种喝酒时的爽朗着实让人喜欢，能喝，就不顾一切地喝。

她没有穿旗袍，可那烫卷的秀发与浓厚的口红，把上海女人的气质与风情散发得溢满了整个上海。上海人容易醉在上海，外地人来了上海，稍不留意也会醉。所以，上海对于如我这样的外地人而言，实在不宜久待，待久了，怕再也不愿意醒来。可离开久了，又会思念，又会想去，哪怕只是待上三两天，也好。

　　上海就是这样一座城——在你的心里只能永远是思念，而不是再见。

天水：神秘大地的微笑

　　有些地方，先不必去了解它的文化以及风物，只听名字，便会义无反顾地爱上。比如苏州，比如凤凰，比如丽江。天水亦如此。天一生水，易学精髓，仿若一下子便让一方土地有了诗意的古典与哲学的深邃。

　　天水，天水——

  多年前，当我听到这个地名的刹那间，心里便满是神往。

  天水毗邻兰州，坐火车过去只需四个小时多一点就能到达。我在兰州待了差不多四年时间，其间友人相约，抑或独自计划去天水的次数，有七八次，可每次临了，却总是由于各种因素未能成行。这让我相信，一个地方与一个人真正的缘分绝不会来得那么容易，必然会吊足了胃口，稠密了思念，才终于在千山万水间相遇。对于天水，定是如此，要让墨水注满了肚子，才敢稍稍靠近。

  历史人文气息满城飘逸的地方很多，可像天水这样把历史味做得那么足，把人文气弄得那么浓的不多。零散地看过一些关于天水的介绍，其中历史文化方面的叙述，最让人震撼并心生敬仰。

  天水乃古丝绸之路的必经之地，是华夏文明的重要发源地之一，享有羲皇故里、轩辕故里、易学之都的美誉，因而延伸出博大精深的伏羲文化、轩辕文化、大地湾文化、先秦文化、三国文化、石窟文化、易学……

当这么多文化都集聚在前世与今生的天水时，天水的姿态可以稍稍放高一点了。可天水似乎不懂得如何展现君临天下的气势，总以一副山野樵夫的样子，抵御无情时光的侵蚀。等光阴慢慢苍老了天地，天水隐藏得越来越深，以至于好多人到了甘肃，才回过头来惊叹一声——哦，原来还有一个天水！天水已沉默太久了。不过让人欣慰的是，近年来全国的历史文化学者们开始逐渐把目光移向天水，天水的底蕴有了重新被擦亮的可能。相信在不久的将来，当普通外地民众在谈到甘肃时，不会仍然那么偏颇而浅薄地讲："我知道，我知道，兰州和敦煌都在那里。"至少应该再加上一个天水。

有时，我甚至不敢相信天水是一座北方的城市。当我坐着公交车在天水城里来回游荡时，翠绿掩映的街巷，长满了古朴典雅的国槐，这更让人加深疑虑。泛泛而看，天水无疑是矛盾的，一面拥有着江南的温润清秀，一面拥有着北方的粗犷浑厚。可真正懂得天水的

人是明白的，这一点也不矛盾。天水独拥长江、黄河两大流域，既有长江的柔软清丽，也有黄河的磅礴大气，于是便有了中国传统女性上得厅堂的丽质与下得厨房的干练。这是天水的独特气质。在一朵月季花前驻足凝视时，我的左耳听见的是黄河的滔滔浊浪，右耳听见的是长江的小桥流水，就像一首空前盛大的交响乐，层次分明，错落有致。这首交响乐，我要给它命名为《西北"小江南"》，不知天水人是否准允？

我想，一定会的。

我所接触的天水人总带着一股子冥顽不化的傲气，以及才华横溢的艺术气。他们有时很懂得人情世故，有时却又特别天真直率，也像他们所在的城市一样充满了矛盾却又一点不矛盾。和天水人相处，很轻松，不用夹杂太多的钩心斗角，你的策略与不策略都能得到一种最恰当的回应方式。在兰州念大学时，我的班主任也是天水人。她个子不高，却有着最纯真的笑容与雷厉风行的干练。她的笑容，就如同灿烂盛开在天水的月季，真诚得找不见一丝天阴欲雨的痕迹，让人赏心悦目。在天水的好几个日夜里，我总能在街头巷尾遇见如此笑容，这是天水最古老而温暖的城市文化名片。世上所有可爱与不可爱的存在，一定有着某种必然的伏笔，或许千万年以前已做好准备，只等千万年以后的发生与延续。天水的笑容，便可以用这样的逻辑来诠释。

因此，当我面对天水那么多厚重悠久的文化遗址时，我会毫不犹豫地选择麦积山，还要迫不及待地扑向它。

这是我的自私，也是我的无私。

麦积山的鬼斧神工与葱茏翠绿，俨然注定了它存在的意义与地位。虽说麦积山只是西秦岭山脉西端小陇山中的一座孤峰，但其却因为一个"孤"字而显得尤为重要。我在麦积山的山道上看到许多不断向上攀爬的身影，若隐若现，仿佛都是为同一个目的而来。不错的，为了目睹麦积山石窟的风采，我也愿意不断攀爬，哪怕最后精疲力竭，亦心甘情愿。只因麦积山石窟的魅力，足以让每一个靠近它的人不顾一切。为了凸显它的重要性，请允许我越俎代庖，简单说几句。

麦积山石窟与龙门石窟、云冈石窟、敦煌莫高窟并称为中国

"四大石窟"，被誉为"东方雕塑馆"。其大致始于后秦，北魏、西魏、北周、隋、唐、五代、宋、元、明、清历代都有不同程度的开凿和修缮，现存洞窟194个，东崖54个，西崖140个，其造像中北朝原作居多。大概从北魏开始的雕塑造像，几乎都是俯首下视的体态与和蔼可亲的面容，好像天与地之间没有任何的等级与隔阂。受外来文化影响，那些微笑着的佛像，没有不可一世，反而像邻家的老人一样，谦卑随和。可越是如此，越让人震撼。当我站在麦积山上整体打量时，便有感于它的惊人气魄。那些雕刻精美造像的微笑，给人视觉上以强烈的冲击，一下子便可以联想到天水人的笑容。在我看来，天水人的笑容，是这些佛像微笑的另一种存在与延续；而换一种姿态来看，笑容与笑容之间的相得益彰，也让天水充满了人文的色彩。

从天水离开时，来车站送我的天水朋友，脸上也洋溢着这样的笑容。这让我产生疑惑，好像一团迷雾盘旋在我装着天水的心空里，以至于在还未真正离开天水时，我已分不清天水是近在眼前，还是远在天边。或许，天水本就是这样，你越是想要靠近它、了解它，它就越是以一抹微笑来遮掩所有的秘密。这片土地，就这样变得神秘起来，神秘得我只能用一首诗来留存深爱的记忆——

　　　　一锤一锤凿开的石窟
　　　　从魏晋到明清
　　　　一千六百年的风雨
　　　　腐蚀，坍塌，断裂
　　　　一分为二，一东一西

安安稳稳地屹立在麦积山上
是坚韧是不屈是天水的灵魂

庄严的佛像在这儿
有了贴近众生的表情
微笑，微笑，千年不换的微笑
天水，天水，千年温润的天水
西天的道，东方的笑
俯瞰黄土，天一生水
滋生半城的清秀，半城的殷实

西安：一个浓妆重彩的梦

读贾平凹写西安的散文《西安这座城》，真是感到惊讶，怎会有人爱一座城，爱得如此彻底呀？！他说："我生不在此（西安），死却必定在此，当百年之后躯体焚烧于火葬场，我的灵魂随同黑烟爬出了高高的烟囱，我也会变成一朵云游荡在这座城的

上空的。"真是把西安这座城，爱到骨子里，爱到血液里去了，唯有如此，才能把生与死都爽快地交付给它。

我也是喜欢西安的，却远不如贾平凹爱得那么深。

犹记得，多年前路过西安。我是坐在从成都到上海的火车上，与之擦肩而过的，不，只是远远看了一眼，甚至连擦肩都算不上。座位是在窗边，窗外是西安，最让我记忆深刻的是城墙，旧旧的，像晚风中的老者，很沧桑，却很古典，有远意。就算是暮色中的夕阳，它也绽放得特别灿烂，像一个浓妆重彩的梦。

那时，真在火车上做了一个梦，梦见的是西安，以及西安的文人。西安有过太多的对酒当歌，挥毫泼墨，好像这就该是一座"我是天才我怕谁"的豪迈之城。随便说几个人，都是与西安不可分割的大文豪，小学生都知道，比如李白、杜甫、白居易、王维、杜牧、王昌龄等。即便到了今天，也仍然层出不穷，比如路遥、陈忠实、贾平凹、肖云儒等，大家也都很熟悉。我是带着这样的梦，来对抗旅途的疲倦与寂寞的。

梦转千回，就梦到了西安。

我更愿意说成梦回长安。

或许，会有很多人与我一样，喜欢把它叫作长安。长安是西安的前世，而西安是长安的今生。千年以前，大唐盛世，繁华长安，让世界也纷纷投来殷勤的目光。哪怕是今天的中国，也在不断回望，回望大唐长安。可以这么说，长安是华夏历史上，最为光鲜的一页，谁也不可否认。以前，接受过一个访谈，主持人问："如果可以穿越，你最愿意回到哪个朝代？"我想也没想，便脱口而出："唐朝。"

不是唐朝，还能是何朝？

西安的大唐梦似乎从未破碎，在很多地方都还能看到长安的容颜。古城墙、钟鼓楼、大雁塔、骊山、大唐芙蓉园、兴庆宫公园、大唐不夜城……仍然诉说着挥不去、散不尽的前尘往事。时光雕刻在岁月的风烟里，不曾言语，可发生在长安的故事那么多，似乎谁都能采撷一两个来装点枯燥的日子。

那些故事在长安的时光里发酵，闪耀着不同的光泽，有的血腥，有的狂放，有的猥琐，有的浪漫，有的苍茫，也有的悲凉。当我以现代人的模样走在西安的古街深巷时，我心里想的不是玄武门政变似的争权夺位，不是武则天之女辈的旷世阴谋，也不是李白"仰天长啸出门去"的潇洒，亦不是丝绸之路西去的苍茫开始，也不是玄奘西天取经的历险经历，反而会想起一些悲悲切切却又无比温馨的爱情。

有什么能比爱情更适合诠释一个王朝，抑或是一座城市的温情？

爱江山更爱美人。烽火戏诸侯的周幽王，不知承受了世人多少不屑的口水，可于褒姒而言，她真是没有爱错男人。儿时，读到这个故事，在心里骂了周幽王千百回，可等真的恋爱了，才明白，周幽王是君王，更是一个男人呀！女人，最希望的不是男人叱咤风云，而是能因为爱她，而不顾一切，哪怕江山。

多么温暖，多么动人。

这样的故事，就发生在西安，当时西安还叫"丰京"。从西周的丰京到大唐的长安，比江山更美丽的故事，从来没有绝迹。李世民也是有爱的，深爱武媚娘，可他爱得不够彻底，心里更多想着的还是他的江山，始终有所顾忌。可等到李隆基坐拥江山时，就完全不一样了，他爱杨玉环的程度，一点也不输给先他一千余年的周幽王。

因为爱情，我几乎是以迫不及待的心情前往骊山的。

骊山的风景真是秀丽，峰峦起伏，长满了树，葱葱茏茏的，像风中的罂粟一样妖娆。怪不得周幽王与李隆基都醉在这儿了，定是中了骊山风情的毒，怎么也无法自拔。我爬过许多山，如黄山、衡山、泰山等，都会感觉很累，可爬骊山却不累，像风一样轻盈。不是骊山要平坦得多，而是骊山的温馨情事，可以舒缓体力上的疲惫。这样的攀爬，心灵上似乎也要轻松得多，不用戴着沉重的文化枷锁。

烽火台还在，虽为后来重建，却仍然让人在想起那些往事时，心生暖意。去时，骊山的天气不错，站在烽火台上，极目远眺，八百里秦川尽收眼底，江山如画。我认为，褒姒与杨玉环，定是喜欢这样的景色的，说不定一颗芳心也是暗许于此。在骊山东侧山谷中，有一座孤零零的山峰，极为峻峭，上面刻有三个字"舍身崖"。舍身崖，为谁舍生？像是为人讲述着周幽王与褒姒、李隆基与杨玉环等人的超越了生与死的爱情。

华清池在骊山山麓，我从山上下来已近黄昏，斜阳洒在华清池上，有些凄艳。华清池，显然不仅仅是一个洗澡的池子，它要大得多，很像苏州的园林，亭台楼阁，绿杨垂柳，小桥流水。园内塑有杨玉环的雕像，很美，衣袂飘飘，既雍容华贵，也妩媚多娇。杨玉环沐浴的地方，叫"海棠汤"，俗称"贵妃池"，是李隆基送给她的礼物。贵妃池华堂玉雕，是天然的温泉，杨玉环在这儿沐浴，心情该是喜悦的，不是为这一池爽身的水，而是为李隆基的心思细腻的爱。脑海里不断地闪现一些画面，关于李隆基，关于杨玉环，好似重读了一遍白居易的《长恨歌》——

春寒赐浴华清池，温泉水滑洗凝脂。
侍儿扶起娇无力，始是新承恩泽时。

云鬓花颜金步摇，芙蓉帐暖度春宵。
春宵苦短日高起，从此君王不早朝。

缓歌慢舞凝丝竹，尽日君王看不足。

渔阳鼙鼓动地来，惊破霓裳羽衣曲。

马嵬坡下泥土中，不见玉颜空死处。

君臣相顾尽沾衣，东望都门信马归。

在天愿作比翼鸟，在地愿为连理枝。

天长地久有时尽，此恨绵绵无绝期。（节选）

"此恨绵绵无绝期"，是杨玉环在"恨"吗？

一定不是。杨玉环该是满足的，能得到君王的万千宠爱，还有什么奢求呢？纵然，马嵬坡下，被心爱之人赐死，也绝无怨言，因为她心里比谁都清楚，李隆基是深爱她的。有"恨"的，应是李隆基，在两难的境地中，他的心里比谁都苦，恨不得自我了结，随心爱的杨玉环而去。可他不能，谁让他生于帝王之家，又是一代君王呢？很多事情，他自己也做不了主。

这样的爱恨情仇，似乎成全了长安，以及今天的西安。很多人到西安，除了领略长安风情外，更多的应是因李隆基与杨玉环的爱情。不知有多少女人到了西安，到了骊山，到了华清池，轻轻一声叹息——

若有一个像李隆基那样的男人，像爱杨玉环那样爱我，此生足矣！

可这样的男人，真是太少。

是夜，我从骊山回到西安城里，与朋友一起去逛大唐不夜城。大唐不夜城，真有大唐的繁华之气，缤纷的灯光，把那些仿古建筑照得金碧辉煌。在这里能够触摸到很多大唐的脉络，比如贞观文化广场、开元广场、万国来朝雕塑、武后行从雕塑、唐历史文化浮雕柱等，都浓妆重彩地讲述着大唐的不可一世。可在长安的梦里，这些繁华，怎么感觉都像是陪衬，远没有那场倾城之恋来得深刻。

当然，这仅仅是一场梦，抑或是我对西安的一种错觉。

曲阜：做一回儒家弟子

    中国的城市很多，大多数都有自己的名片，或山水风光，或名人故里，或历史风情，或浪漫传说，抑或美食陈杂，曲阜当然也不例外。可曲阜的资格显然要老得多，从岁月的长度与故人的影响力来看，都要更有力度。

    有俗语说："过鲁地知礼节，到曲阜悟春秋。"可见，曲阜这座于两千多年风雨中不断悟道的城市，有着如何不可抵挡的魅力。曲阜也就是当年的鲁地，《论语》的智慧从未在这块土地上飘散，到了今天，曲阜几乎人人都还能背上几句。曲阜的儒雅气很浓，我这个外乡人靠近它，也要在心里默默念上几句《论语》——

    子曰："学而时习之，不亦乐乎？有朋自远方来，不亦乐乎？人不知而不愠，不亦君子乎？"

    子曰："学而不思则罔，思而不学则殆。"

    子曰："君子成人之美，不成人之恶。小人反是。"

    这里说话的这个"子"，便是孔子，儒家的创始人，也是儒学的集大成者。孔子是圣人，也不是圣人，他得道很晚，几乎是

在他生命最后的时光，并且是在四野苍茫的路上。孔子的生命黄昏很美，一路上洒满的是艳丽的晚霞，即便有点凄凉，却也惊艳得可以光耀好大一片土地，好长一段历史。有时，比起那些充满智慧的言语，我似乎更欣赏孔子上路的勇气。在今天看来，这何尝不是一个比谁都励志的成长故事呢？

曲阜人对孔子应是敬仰的，也是懂他的，要不然怎么会让整座城市陈旧得好像落魄不堪的样子呢？孔子是曲阜的名片，曲阜似乎很高调地打着"孔子故里"的旗帜，却又近乎低调地在现代烟云里坚守自我。去过那么多城市，大多以建筑的高大与华丽自

命不凡，可曲阜不是，它只是很小心翼翼地守护着祖宗的遗留，慢慢向着未来的远方行进，不急不躁。曲阜的房舍，大多数都很矮，有些就两层，风尘仆仆的，有光阴的味道。很多外地人会以为：曲阜这样不争气，真是愧对了孔子。可在我看来，这正是对孔子最现代的解读与诠释——何必走得那么快，为何不停下来等一等灵魂。孔子对中庸之道阐释得很明白，不要快，也不要慢，适度就好，一个人应如此，一座城不也一样吗？

　　毋庸置疑，很多人到曲阜，绝非这座城的漂亮、温厚，而是因为孔子，抑或是因为他的儒学。可很多人只是盲目跟风，走马观花，很难真正地做到"过鲁地知礼节，到曲阜悟春秋"。我去了孔庙，真是气派，与曲阜的寻常建筑形成鲜明的反差，也与

詩禮堂

天下文章莫大于是

一時賢者皆從之游

孔子的颠沛流离、风餐露宿形成强烈的对比。想想也应该，那么悠长的历史，能有几个孔子，对他好一点，为何不可？庙内殿宇很多，亭台楼阁亦不少，塑有孔子像，也陈列着琴、棋、书、画等物品，有神秘感，沧桑感，还有必不可少的文化感。很多人是带着孩子来的，孩子很小，有些才三五岁，一脸稚气。他们哪里懂得什么儒学，却硬被家长拉着去触摸庙内那些斑驳了的墙壁，似乎摸一摸，便能沾点孔子的文气，进而在学习的路上，一帆风顺，才华横溢。有的家长，还会让孩子给孔子的塑像磕头，孩子们望着高高在上的孔子，双眼迷离，什么也不明白，很听话地拜了又拜。无可否认，这是家长对孩子的爱，望子成龙的心情很强烈，可这于孩子却是毫无益处，也是对孔子传世影响的一种误读。与其让孩子摸一摸那些冰冷冷的墙，拜一拜自己也搞不明白

的人，还不如在孩子感受这样环境的同时，教他们几句浅显易懂的《论语》。

到任何地方，我都喜欢寻觅静谧之处，这是我的习惯。徜徉在孔庙院落里，也会很自觉地往人少的地方挪步，越静越好，可以安心地沐浴孔子智慧的春风，以及遥想那些与之关联的美丽故事。

关于孔子的故事，我印象最深刻的是他问学老子的那段，好像正印证了他"敏而好学，不耻下问"的治学主张。原本的故事或许没有那么动人，可历经时光的浸染，越传越美丽，越传越像一个不那么真实的传说——

老子在河南洛阳，离孔子所在的山东曲阜，有些距离。在今天看来，或许很近，可在交通极不方便的当时，实在是不短的路程。千里奔波，只为见一个人，只听说，也让人动容。历经千辛万苦，孔子终于见到老子，可孔子面对老子，是圣人与圣人的对话，孔子又会问些什么呢？孔子拱手向老子行了行礼，然后向老子请教关于礼的学问。老子很不客气地批评了孔子口中的

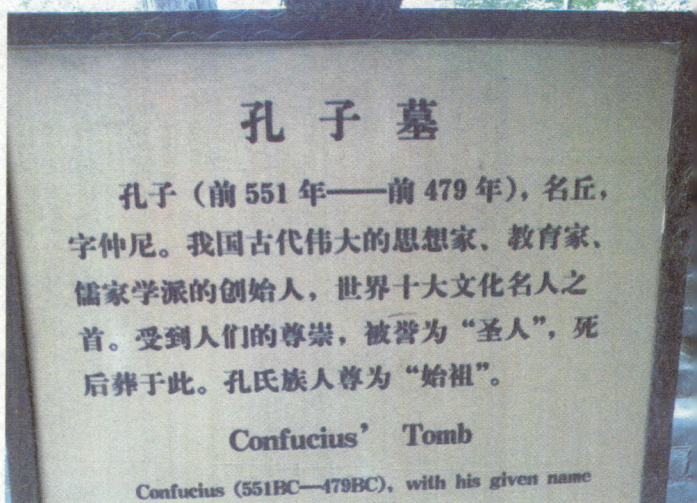

礼，说："倡导你口中所谓礼的人骨头都腐烂了。抛弃你的娇气和欲望，抛弃你做作的情态神色和远大的志向，这些对于你自身都是没有好处的。"

到了今天，又延伸出很多说法，更有甚者直接否认孔子曾向老子问学的真实性。有些故事，似乎总要留下一些传说，才显得重要，才显得美丽。无论有没有这次问学，孔子都在后来的治学中，孜孜不倦，终于成为光耀两千余年的大儒，一点也不输给老子。

在这点上，曲阜人也特别自信。曲阜城，也因孔子的儒学而文气儒雅，曲阜人大多有这样的气质。我一朋友曾在曲阜师范学院念书，并非曲阜人，而是隔了一段距离的聊城人，可从她的举止言谈间，也能领略到一种儒雅之气。她也写文，并且成就不小，读她的文，也温文尔雅，像很传统的书生向你娓娓道来。有

次，我半开玩笑地问她："怎么你的身上总是散发着一股儒雅的气息呀？"没想到，她也半开玩笑地回我："在圣人的地方待久了，能不沾上点儒雅气吗？"

是呀，在曲阜，怎能不沾上一点儒雅之气呢？

我在孔庙、孔府、孔林，整整徘徊了一个下午，满脑子里想的都是孔子风采，以及《论语》智慧。在孔府还品尝了一下孔府的煎饼，很不错，不咸不淡，奉行着孔子的中庸之道。而曲阜人似乎也奉行着孔子的另一大道——君子之道，与他们打交道，总能把心放到肚子里。有时会想，就这样待在曲阜不走了，一生都做儒家弟子，不落烟尘。可这显然是一种奢望，曲阜于我而言，终究也只是路过，能做一回儒家弟子，叫孔子一声先生也就足够了。

很快就要离开曲阜。说实话，我是在心里念叨着《论语》离开曲阜的——

子曰："见贤思齐焉，见不贤而内自省也。"

子曰："弟子入则孝，出则悌，谨而信，泛爱众而亲仁，行有余力，则以学文。"

子曰："吾十有五而志于学，三十而立，四十而不惑，五十而知天命，六十而耳顺，七十而从心所欲，不逾矩。"

一个"子曰"，可以装下整个曲阜。

开封: 又一幅《清明上河图》

　　京华一梦，开封做的时间不短，并且做得很好，美滋滋的，甜润润的。先后七个王朝定都开封，战国时的魏，五代时的后梁、后晋、后汉、后周，以及后来的北宋与金，真是气宇不凡，举止谈吐间都透着一股贵族气息。

　　而把开封的显赫做到极致的，还是北宋。

　　出自北宋画家张择端之手的《清明上河图》，可以做证。

　　还记得第一次见《清明上河图》时的情景：黯淡的双眼顿时就发出了光，落在画卷上，让目光一点点蔓延开来，凝视许久，也不愿挪开。无疑，我是被这幅画卷的宏大震撼住了。画卷可分为三个部分——郊外春光，汴河场景，以及城内街市，不同风情的各个部分水乳交融，缓缓铺开，竟长 528 厘米，宽 24.8 厘米，绘有屋舍不知多少间，550 多个人物，五六十种动物，马车、坐轿也有 20 多辆，还有船只 20 余艘，此外还绘有桥梁、城楼，真是车如流水马如龙，一派繁华。

　　《清明上河图》所描绘的恢宏之地，正是北宋的都城汴梁，今天的开封。

　　古都遗梦，多少红尘旧事烟雨中，当我以最轻盈的姿态靠近开封时，更多是遇见那些掩藏在时光里的岁月。开封的掩藏是

抽象的，似乎又是具体的。开封背靠着黄河，水可以带来滋润，也可以带来灾难，也就注定了它的荣耀与悲哀。我眼前的开封，早已没了北宋的容颜，连脚下的土地也显得不那么真实。黄河的性格有些暴躁，时不时会发脾气，咆哮之水裹卷着泥沙，层层堆积，足足将大宋的印记深深潜藏。所以在开封流传着这样的民谣："开封城，城摞城，地下还有几座城。"掩藏了汴梁，成全了开封。开封明白掩藏的深刻含义，掩藏得越深，也就越真实，越像一个古色古香的梦，因此开封不曾"开封"。

到达开封城的那天，天气不太好，阴沉沉的，有几朵乌云在头顶盘旋。我以为，这样的天，最适合与开封亲昵，特别是打探那些本真的古建筑，有光阴的味道。

于古都而言，光阴便是最华丽的霓裳。

我迫不及待跑到了铁塔公园，历史曾在这儿有过浓重的一笔。初春的铁塔公园，绿树成荫，流水潺潺，垂柳轻拂，宛如一名妩媚的少女。仅仅是少女吗？不，铁塔公园更像一位上了年纪的老人，铮铮傲骨，从容不迫地抵挡着岁月的侵蚀。穿过几条幽深的小径，便看到了它——铁塔，北宋的铁塔。铁塔其实不是铁铸的，而是用砖头堆砌而成的，外面是琉璃色，很有佛家追求的简单与淳朴。铁塔饱经沧桑，也多次遭遇摧残，却仍然屹立不倒，我猜测叫它铁塔，大概有这样的缘故。我的家乡，也有一座建于北宋的古佛塔，叫白塔，早已封存，禁止人攀登。开封的铁塔可以任你攀爬，任你去那些以小窥大的洞口观看开封的景致与铁塔公园的湖光山色。塔阶很窄，也很陡，一层层上去，要费些气力，那些洞口的魅力实在不小，不断吸引我往上爬。别有洞天，是真的。从塔顶往下看，园内殿阁嵯峨，飞檐翘角，亭台水

榭，垂柳婀娜，曲桥蜿蜒，虽在一片灰色的天空下，也分外清丽妖娆。

这是掩埋不掉的历史，也是无法回避的现实。相比之下，那些被层层掩藏的台阶已无法为我引路，那么我又该以怎样的方式从历史的汴梁，走向现代的开封呢？

无疑，是那些零散的人物脉络。

开封，很容易让我想起一个人——包拯。已记不清，少年时代到底看过多少讲述这位铁面青天的影视剧，于纷飞的思绪中，随便一采撷，便能想起不少，比如《包公》《包青天》《碧血青天杨家将》《碧血青天珍珠旗》《包公生死劫》《包公出巡》《少年包青天》《新包青天》等。耳边也还隐约回荡着京剧《铡美案》中的唱词——包龙图打坐在开封府。裘盛戎唱得正气凛然，荡气回肠。在开封，可以绕开那些亭台水榭，但绝不能回避这个包青天，开封的底色里，有着他的黑。

好像开封人也明白这点，建一座包公祠不够，还要修一汪湖来陪衬他的清廉。常年被碧波绿水滋润的包公祠，沧桑中透着那么一点苍翠，很年迈，又好像还年轻。包公祠内有包拯的塑像，有升堂的府衙，有斩犯人的铡刀，也有亭台碑文、包公家训，以及那些假山瀑布，小桥流水。在我看来，这些都不太重要，重要的是这里有一股浩然正气。包拯受百姓爱戴敬仰，莫过于此。在包拯身上有中国民众几千年来的殷切期盼与精神寄托，世事清明，那可是他们的心呀！对包拯大家都再熟悉不过了，我的叙述显得有些多余了，便不再说什么，只有在他的塑像前，深深鞠上一躬。

当然，在开封值得一说的人物还很多，如天波杨府里的男将女帅，便个个都不可不提。更让我惊讶的是，在黄鹤楼写下思乡千古名篇的崔颢也是开封人。此刻，便不再详述了，因为，还有一条街，在等我。

这条街，有个好听的名字，也略带着点霸气。人们叫它——宋都御街。

在北宋的御街，真是抢足了风头，据史料记载：北起皇宫宣德门，经州桥和朱雀门，直达外城南薰门，长达十余里，宽二百步，真是气派。如今的宋都御街是在北宋御街的原址上仿建的，是一条商业街，远远没了北宋时的风光，南起新街口，北至午朝门，全长仅四百多米。纵然这样，我也愿意在与北宋相似的街巷，久久徘徊，就算是仿造，也要比那些钢筋混凝土的冰冷建筑温暖得多。看着那些满是古意的牌匾、楹联、灯笼、幌子，便像是坠入了北宋的梦里。我想起了一个叫柳永的风流才子，他才情很高，填的词，总是人人争相传唱。其中描绘城市街巷的词，更是气势恢宏，比如描绘钱塘的《望海潮》，自然还有描绘开封的《迎新春》——

嶰管变青律，帝里阳和新布。晴景回轻煦。庆嘉节、当三五。列华灯、千门万户。遍九陌、罗绮香风微度。十里然绛树。鳌山耸、喧天箫鼓。

渐天如水，素月当午。香径里、绝缨掷果无数。更阑烛影花阴下，少年人、往往奇遇。太平时、朝野多欢民康阜。随分良聚。堪对此景，争忍独醒归去。

柳永笔下的开封，不正是张择端纸上的汴梁吗？

　　开封，从《清明上河图》开始，也要从《清明上河图》结束。我是趁着夜色来到清明上河园的，灯光明亮，与白天的灰暗，形成了鲜明的对比。清明上河园，是以张择端的《清明上河图》为蓝本仿古修建的。夜晚的清明上河园很热闹，游人如织，看着那些在灯火中的湖水、桥梁、古船、酒楼、茶肆、当铺，北宋远去的京华一梦，仿佛又做真切了。我在清明上河园待到深夜才离开，这样的梦，似乎谁都愿意长久地做下去。

　　又一幅《清明上河图》，不再是张择端的笔墨，而是所有开封人的共同杰作。

桂林: 甲天下的不只是山水

　　小学有篇课文，是陈淼的散文名篇——《桂林山水》，流传很广，不知沐浴了多少颗少年心。其中开篇便写道："人们都说：'桂林山水甲天下。'"这句话的魅力真是大得惊人，许多外地人便是因了此句前往桂林的。我认为这只是一句流传于近现代的桂林俗语，很大的可能是为了某种目的的宣传手段，后来才知道，它一点也不新鲜，可以追溯到南宋年间。书写此句的人，是一个官人，并且官做得不小，有点文化，应是被这山水深深迷醉，而后禁不住要夸上一句。没想到，这一夸，倒成全了桂林——桂林的山水都甲天下了，还有哪里敢与之并肩相媲美？

　　阳朔的山水也美得干净而纯粹，可也只敢道一声：

"阳朔山水甲桂林。"

不过"桂林山水甲天下"，所言非虚，泛舟于漓江之上，真像王维写的那样恬淡与舒心——舟行碧波上，人在画中游。桂林的风景真是一幅画，水清而净，倒映着两岸嶙峋的山崖与青葱的树木，山得了水而活，水得了山而媚，比名家画作要更真实、更细腻、更灵动。于这样的山水间，会有想躺在江上小憩一会儿的冲动，任小船随流水自由漂动，多好。等醒来，双眼迷离，蒙眬中看桂林山水，又将是另外一番景象。险峻的山峰，瑰丽的丛林，清澈的流水，都遮上一层薄薄的面纱，迷幻中似乎有了少女怀春般的娇羞与风情。

赏桂林山水，坐船是最好的选择；可要真的融入山水之中，最好的选择却不是坐船，而是划竹筏。十多根或二十多根竹子绑在一起，便成了竹筏，划竹筏的工具也是一根长长的竹子，晃晃悠悠地行在江上，十万峰峦之间，仿佛眉心的一颗痣，有种遗世而独立的孤傲之感。有划竹筏的人，还唱着山歌，歌声嘹亮而动听，既浑厚却又不失细腻。山水里是歌声，歌声里是山水，置身其中，仿佛与山与水融在一起了，于人世沉浮中，生死与共。

不得不去乘一回竹筏，纵然心中有些胆怯。划竹筏的，是桂林当地的一位中年人，据他说已划了有十二个年头了。碧波之上，清水悠悠，他划得很平稳，如履平地，缓缓地，桂林的山与水不停地往后退去，像电影镜头一样闪现，变化万千。竹筏上放有凳子，也是竹子编的，我是光着脚丫坐在上面的，漓江之水此起彼伏，不断从竹节的空隙间冒上来，把脚打湿，透心地凉，让人心旷神怡。

乘上竹筏，便舍不得下来。徜徉在清澈的江水与苍翠的青山之间，谁又舍得离开呢？就这样徜徉吧，让清澈之水洗尽我身上的污秽，让阳光的颜色消失在最美丽的地平线上。

夕阳中的桂林山水，也美得让人窒息。晚霞里的山与水不再苍翠碧绿，而是换了另外的霓裳——金黄色。天空、山峦、流水、树木、竹筏、渔船，连我的身上，也洒满了艳丽的光芒。金黄很快变成了深红，山水尽染，像一杯老酒，所有人都醉在它的怀里。江上还有渔民，在竹筏上收渔网，夕阳洒在他的脸上，照得通红，那黝黑的底色，透露着渔民的纯朴与勤劳。有几只鱼鹰安闲地停在竹筏上，时不时转动一下脖子，也

朝着夕阳西沉的方向凝视。在漓江上，鱼鹰也是懂得欣赏美的，来不及欣赏碧绿与苍翠，也要在收工之后感受这晚霞的艳丽。山与水都随着渔民的远去，静了，沉了，桂林便是在这样的隔世静谧中进入梦乡的。

有梦，也该是绚烂的，也带着一些缭绕的迷雾。这不，梦幻着，梦幻着，就滋生出一个传说，以及一个比传说更动人的女人——刘三姐。刘三姐本就传奇得像一个谜，抑或是远在天边的一朵彩云。关于刘三姐的传说很多，都不在桂林，但在广西境内，说是壮族姑娘，壮族人尊称她为"歌仙"，于是广西便有了纪念她的节日——农历三月三，也叫歌仙节。节日很盛大，除了要举行歌圩活动，还有抢花炮、抛绣球、碰彩蛋及演壮戏、舞彩龙、擂台赛诗、放映电影、表演武术和杂技等娱乐项目，人山人海。

可这与桂林有多大的关系呢？

将刘三姐与桂林对应起来，是因为张艺谋执导的歌舞剧《印象·刘三姐》，演出地正是漓江，正是山水中的桂林。张艺谋是有导演天分的，他充分利用了漓江的秀美风光，以山水为浓妆重彩，以当地的渔

民与竹排以及奇特的壮族服饰为点缀，配之以华丽的灯光变幻，为广西壮族自治区人民，以及各民族喜欢刘三姐的同胞，献上了一台宏大而别具真实感的大型歌舞秀。桂林山水很好地衬托出了刘三姐的形象魅力，与此同时，刘三姐的形象魅力，也为桂林山水增色不少。

刘三姐的形象在很多中国人心里，是很深刻的，但不一定具体。犹记得儿时，爷爷常听刘三姐的卡带，一遍又一遍，有时还会跟着哼上几句。听得久了，印象便深了，今天也还记得几句，没事便拿出来哼哼——

嘿，什么水面打跟斗嘞，嘿啰啰嘞；

什么水面起高楼嘞；

什么水面撑阳伞嘞；

什么水面共白头嘞。

嘿，鸭子水面打跟斗嘞，嘿啰啰嘞；

大船水面起高楼嘞；

荷叶水面撑阳伞嘞，

鸳鸯水面共白头嘞。

桂林山水不仅滋生出这样的传奇，也滋润着一座城。桂林城，有扬州的温婉，到处都充斥着水的湿润，也满目苍翠，与很多城市都不太一样，天生丽质。那些山，那些水，环绕着桂林城，本身便是一座天然的公园，似乎都不需要再专门找一块地，修建一处打发时间的休闲场所。在桂林城中闲逛，想起宋朝诗人黄庭坚写桂林的诗——

桂岭环城如雁荡，

平地苍玉忽嵯峨。

李成不生郭熙死，

奈此千峰百嶂何。

黄庭坚，把桂林写得很到位，仿佛桂林就印在他的脑子里。我一边念着他的诗，一边穿街过巷。去小吃街吃了一碗白先勇在《花桥荣记》里描绘的桂林米粉，桂林便在夜色中了。桂林的夜，也是静谧的，安静得像一面镜子，不忍心将它打碎。那么就对着桂林的山水，道一声晚安吧。

晚安，桂林；

晚安，山水。

佛山：写在珠江上的禅

　　"佛"字特别空灵。左边一个"人"，右边一个"弗"，"弗"乃"没有"之意，一个人都没有。佛而空灵，有远意，有深意，也非常有禅意。

　　因几尊铜佛像而得名的佛山，便充满这样的味道。

　　我是取道广州，而后前往佛山的。广州到佛山非常便捷，有多种交通方式可以选择，比如巴士、轻轨，地铁。佛山与广

州，从某种意义上而言，历史相承、文化同源，而两城也竭力打造"广佛同城"，无疑是别具现代色彩的追根溯源与互利互惠。从广州西朗坐地铁，途经近十个站，耗时约三十分钟，便到达佛山祖庙。多么舒心，多么若无其事。走过那么多地方，也曾从一座城市奔赴另一座城市，但几乎没有可以像从广州到佛山这样轻松。

真的，我对佛山的亲近，是从愉悦出发的，而不是疲倦。

祖庙路是古老与年轻并存、历史与现代融合的街巷。我沿着被打磨得十分平整的道路散漫地向前走，走得很慢，慢到可以让两旁的商场、酒店与店铺都能看清我的模样。那些深绿色的绿化小草和枝繁叶茂的行道树，总在你的耳边低语，像是柔情似水的女子向你示爱。我的心比苍绿的水更柔软，当我步入祖庙路步行街时，便再也抵挡不住佛山的妩媚，深深坠入了爱河。

　　祖庙路步行街在光鲜里透着浓郁的古典味。那些建筑实在太让人喜欢——青灰色的砖，黑色的窗棂，带着许多前尘味道，纵然从光洁的飞檐微翘上能看出一点当下的色彩。仿古而建的城市里，山西的大同古城比较地道。可佛山祖庙路步行街，要比大同古城更地道、更精致、更有味。街上的石头一点也不平整，甚至有些丑陋，乍一看，会有些失落。可多呼吸一会儿，便能嗅到光阴的味道。听佛山的朋友琴雅介绍——祖庙路步行街差不多用了青砖五十万块、二百七十多扇窗户、九十多道门、十五万块瓦

片、两千多个瓦当和滴水瓦。可就是如此庞大的用料，竟有百分之七十以上都是超过一百年历史的古料。叫人如何不惊叹？每道门，每扇窗，每块砖，每片瓦，都是曾经散落风中的历史碎片，此刻，在佛山，在祖庙路步行街，拾起，重组。一百五十米的步行街，我仿若走了比一百年还要长久的时光。时光在这儿被无限拉长，真希望永远也走不出去。

可时光终究会在重叠之后散开，历史归于历史，今天归于今天。

而我，仍然身在佛山的街头。

在祖庙路步行街街头有一块牌坊，牌坊下有一座雕塑，塑的是我喜欢了十多年且不减半分热情的人物——黄飞鸿。以黄飞鸿为题材的电影电视剧很多，我看过的不少，几乎都很迷恋。佛山是武术之乡，流传的拳种很多，比如咏春拳、蔡李佛拳、洪拳、龙形拳、白眉拳等。每套拳有每套拳的套路与招式，可内里却是一样的，都是禅意人生的一种表现形式。孤陋寡闻的我，是到了佛山才知道黄飞鸿、叶问、李小龙均是佛山人的，当时着实惊讶。他们皆为一代宗师，让人敬仰，可我最喜欢的还是黄飞鸿。在他雕像后有四个遒劲有力、刚中带柔的大字——仁者无敌。写得真好，禅意十足，富有人生哲理。今天，佛山仍然保留了许多武馆，学武术的人也非常多。清晨或是黄昏，在各种休闲之地，一定能看到打各种拳路的佛山人。武术在佛山是历史的，也是今天的，佛山人在套路与招式的变换中寻觅人生禅理，从而修炼自己，找到自己。

祖庙路是佛山的繁华地段，各色人群穿梭其间，满是人间烟火。可于闹市中安之若素的祖庙，却别有一番遗世而独立的风骨。祖庙似乎有一种天然的消解机制，纵然游客如织，也是静谧的，没有半点喧嚣味。随意在祖庙内行走，繁茂的林木与鸟语花香，全都倒映在心灵的天然田地里。万福台、灵应牌坊、锦香池、钟鼓楼、三门、前殿、正殿、庆真楼、叶问堂、黄飞鸿纪念馆，每一处景致都散发着浓郁的佛山味道——不浮躁，不矫揉，不张扬。琴雅说，她几乎每周都会去祖庙待上一次，一待就是半天，什么也不做，就是毫无目的地走，累了，就找一个台阶坐下休息。她应该是来祖庙汲取亘古而不变的佛山味道的。这样的味道，让她安心，让她能更从容地生活。

　　从祖庙出来，我打的直接去了兆祥路。我是奔着广东粤剧博

物馆去的。佛山是"南国红豆"粤剧的发源地，诞生了粤剧艺人
的代称——"红船子弟"和粤剧最早的戏行组织——琼花会馆。
在诸多戏剧门类中，粤剧是很让我痴迷的剧种之一。粤剧有种水
墨写意的美，在台下看戏，总觉得很远，又很近。粤剧的表演艺
术家很多，我比较喜欢李淑勤。听过她很多戏，比如《紫钗记》
《奇情记》《白蛇传》《小周后》《洛水情梦》《分飞燕》等。我最
喜欢那出《分飞燕》——

　　分飞万里隔千山
　　离泪似珠强忍欲坠凝在眼
　　我欲诉别离情无限

匆匆怎诉情无限

又怕情心一朝淡有浪爱海翻

……

难舍分飞冷落怨恨有几番

心声托付鸿与雁

嘱咐话儿莫厌烦

莫教人为你怨孤单

　　离别愁绪浓，柔情似水深，都在里面了。李淑勤的一颦一笑都情深意浓，看得我泪水涟涟，这该是一段怎样的旧情？难分难舍呀！她也担任佛山琼花大剧院院长，领着一群佛山粤剧艺人，把粤剧唱得深邃而大众，唱遍全国，甚至唱响海外。如果时间允许，真想在佛山多待一段时间，等一场缘分——在佛山剧院听一场李淑勤的戏，唱什么都行。

粤剧声声中，潜藏着又一段动人的唱腔——

流水不息，婉转低沉。

佛山是温润的，到处都弥漫着水的气息，是典型的岭南水乡。珠江迟缓地穿过佛山腹地，仿佛越是迟缓，便越是能给佛山汲取更多的养分。上善若水，水是禅意的。佛山有了珠江水，一座城便有了无限深思与突破的可能。是夜，我一个人沿着珠江行走，有些风，有些凉，凉到心里。我喜欢这样的凉，可以让燥热的心瞬间降温。珠江的夜不是黑白的世界，而是缤纷的，到处都闪烁着霓虹的色彩。佛山倒映在珠江里，流水洗去了尘土飞扬，剩下满目无瑕—

佛山的心，也纯了、禅了。

都江堰：永不褪色的江水

　　毫不避讳，我真是喜欢都江堰。都江堰有一种天然的气息——像山中的兰，天生丽质；又像雪中的梅，坚韧内敛。似乎走在都江堰城区的任何一条街道，都能产生一些既古老而又现代的遐思。

　　多年前的三月，春意正浓，凉润的微雨，打湿了嫩绿的野草。都江堰的夜，被雨雾遮上一层朦胧的面纱，有些神秘，闪烁的霓虹灯也不怎么耀眼了。朋友开车带我在城里兜风，直感觉一种温润的历史文化气息扑面而来，纵然隔着挡风玻璃。都江堰就是这样——质朴、水灵、自持，一点也不像许多城市那样一味地浓妆艳抹而弄得俗气不堪。

它不，绝不。

雨中的灯火，摇摇晃晃，像低声说着什么。那一定是天与地的对话，那些灯火只是插几句嘴，谈的也是与万物序列有关的话题。甚至玻璃窗上的几滴雨水也总是带着几分哲学的味道，很容易让人想起老子《道德经》里的名言——"道生一，一生二，二生三，三生万物"。岷江在这儿化为内江，内江水静静穿过城区，

连一条在夜里半睡的狗也不愿打扰。跟着永不停歇的江水兜圈，仿佛进入玄妙的境界，只希望转动的车轮永远不要停下来，就向前，向着未知的方向碾轧。

都江堰——注定没有办法不溢出几分"道"。都江堰西南部的山峰，有一个清秀而幽远的名字——青城山。谁都知道，道教的几大发源地，青城山是尤为重要的一处。大道无痕，隐匿于青城这样一座山里，无疑是一种远离世俗的超逸。"青城天下幽"——真不夸张，诸峰环峙，林木清秀，曲径通幽。把脚步交给那些透着一些凉的石阶，头顶的每一片叶子都是最欲罢不能的抚慰。愿脚下的石阶串联起来是一座没有出口的迷宫，如果可以，我愿永久携一颗纯净的心徜徉其中。

时光也苍绿了。记起父亲与母亲的老照片，岁月的河流两岸已隔着二十余年的宽度。20 世纪 90 年代初，他们新婚，家境贫寒，可还是愿意花一把连吃也舍不得的钱，定要爬一次青城山。青城——在他们眼里，便是一座永不凋零的山峰。他们的背影犹在，生命的另一种表达又已闯进刻下地老天荒的故地。生命的苍老与爱情的忠贞，让青城山的"道"，又有了另外一种深刻的永恒。

离青城山大概十公里处，有一个水利工程，似乎比青城山的名气还要大。听很多人提起都江堰时，首先想到的，定是这个水利工程，而非一座城市。都江堰市以前叫灌县，改名，定是因为它——都江堰水利工程。

都江堰看上去太像一个温顺的女人。据说，在没有都江堰之前，岷江水性情极为暴躁，时常洪流滔天，弄得两岸民不聊生。可再凶猛的水遇上李冰也只能俯首帖耳，乖乖听话。李冰的到

来，真是蜀地之大幸。一介文弱书生，可他一点也不惧怕岷江水肆无忌惮地咆哮。没学过水利，就边修边学，边学边修，不畏艰难。历时十八年，终于全部竣工。从此，岷江水温顺了，巴蜀大地，水旱从人，仓廪殷实。

站在宝瓶口，凝视江水，清澈碧秀，一点也不张扬。是女人，也是大家闺秀。它温顺，但绝不柔弱。两千多年的风雨雷电，不知覆灭了多少不可一世的辉煌，可都江堰就那样安详地躺着，从无怨言，默默践行它的使命——滋润天府之国。那么长的时光，都江堰温顺的岷江水，不知福泽了多少人！

我不知道，也永远无法数清。面对庞大的数据，我只能陷入浩渺的时空里，顶礼膜拜。纵然隔着时空的帷幕，也隐约能看见岷江水的秀美。越遥远，越会生出些奇怪的疑问——

白花花的岷江水，是水吗？

多么奇怪，多么不可理喻！水不是水，还能是什么？

可这些水在我的眼里，分明是汩汩不竭的乳汁。每个季节都是哺乳期，因为它的孩子时刻离去，也时刻诞生。

这该是一位多么伟大的母亲！

脑子里想象着李冰的模样，两千多年的时光便过去了，直到公元二〇〇八年五月十二日。这天，汶川地震了。整个蜀地——地动山摇，乱石横飞，房屋坍圮，草木折腰。都江堰是重灾区，废墟满地，哀鸿遍野，连处处是道的青城山也受伤不轻。可都江堰却处之泰然，安然无事，仿佛一切大道皆了然于胸。怪不得迟子建到了都江堰也会说："穿越了两千多年时光依然生机勃勃的

都江堰，以其独特的光芒，成了我心中最庄严的道场。"这样的道场，自然是一种气场，可以抵御一切大小灾难。

世界也惊讶了——都江堰简直就是一个奇迹。看过法国一家媒体的一篇报道，用的题目竟然是《世界上最古老的工程都江堰经历了地震和时间的双重考验》。古老的都江堰，要比多少现代化的水利工程都坚实。这不是奇迹，还能是什么？

这是李冰的奇迹。

这也是蜀地的奇迹。

这更是中国人的奇迹。

二〇一一年年末，又去了一次都江堰。此时都江堰已完全看不出经历过一场天崩地裂的大灾难。还是朋友开车带我在城里转

圈，多年前的那些灯火重新点亮，仍然温暖，依旧哲学。许多陌生而熟悉的脸在黑夜里穿梭，表情不是心事重重的凝重，而是一脸灿烂，像多年前都江堰的水。

是的，都江堰的水——突然想看。

我向朋友提议说："我们去都江堰看水吧？"

朋友一脸惊讶："现在？"

"对，现在。"我很坚定地答道。

朋友看了看我，像是看穿了我的心思，没再多问。他猛地踩了踩油门，载着我，往都江堰去，往都江堰的水去。

那夜，都江堰有些薄凉的月光，映衬着那些白花花的水。江边有些风，胡乱吹着，头发乱成一团，可心灵深处却如一江的月光明了。江水平静，清澈碧秀，与多年前并无二致。恐怕，两千多年前的江水亦如此。纵然两千多年后，也定是不变。因为——

都江堰的水，永不褪色。

大连：海风中的一杯酒

　　喜欢大连。我不得不以这样的方式开始，只因大连的确让人太喜欢了，想掩饰半分都不行。

　　大连是海滨城市，海纳百川。有海的地方总透着一股大气，像三亚，大连也是这样。我认为，自己应算得上是一个心胸开阔的人，凡事能容忍的，都会容忍，很少与人发生口角。可到了大连，再宽广的心胸，似乎也显得狭窄了，天高得那么远，远得那

　　么蓝，海也宽得那么无垠。就算是深秋，大连也不会悲伤，仍然是一副天高云淡、海阔心宽的样子。这是大连的性格，也是一种永不改变的情绪，让靠近它的人，把目光无限投向大海的远方，心飞得比天空更高。

　　我是从烟台乘船去大连的，似乎唯有以乘船的方式靠近它，才够味。咸咸的海风，早早便将大连的味道吹来，像一杯酒，飘着浓郁的醇香，还有一点微醉，晕晕的，船一靠岸，便醉倒了，倒在大连的怀里。

　　这样的怀抱，既宽广，又温暖。

　　一个人在大连的街巷里徜徉，没有打车，散漫地走，这座城适合慢慢地品。大连的马路并不宽阔，建筑也不那么高大，似乎是有意的，马路太宽，海风便淡了，建筑太高，天空便矮了。大连广场也多得让人惊叹——星海广场、海之韵广场、希望广场、胜利广场、华乐广场、港湾广场、中山音乐广场、友好广场、人民广场、奥林匹克广场、莲花广场、学苑广场、海军广场……据说差不多有七十座，星罗棋布于大连城中，所有的广场都落在一个"广"字上，像它的心胸。边走边逛，这样的广场，去了不少，各有各的风情。

我最喜欢星海广场。

星海广场位于大连星海湾，呈五角星，由大理石铺成，中心立有汉白玉华表，颇有些气势。最重要的是，它面朝大海，似有吞吐天地的胸怀。海风时常在广场活动，抑或是广场的主角从来都是海风。午后的广场人不少，大多是以休闲的姿势亲昵，以及以旅游的心态靠近的。不管是大连人，还是外地人，都不那么重要了，海风要以它的方式与人们对话。我的头发早被海风吹乱，乱得那么心甘情愿，乱得那么心旷神怡，甚至就喜欢这样的乱，无乱不欢。久久地凝视着海的远方，远方有心底最暖色的梦，也有大连人的尘烟往事。广场有一片脚印，铜质的，有大有小、有名人、功臣，也有普通人，由浅到深，跨越一百年，像是讲述着大连一百年的兴衰与荣辱。这段历史被雕刻得很深，连海风也没有办法吹散。

海风吹不散的，全都闯进我的眼眸，惊叹于我阅城无数的心里。

怎能不用一个"惊叹"来形容呢？在大连竟然还能见到在百年风云中几乎销声匿迹的有轨电车。很长一段时间，我都以为那是民国时期大上海的特殊产物，可没想到大连也有，还留存到百

年之后的今天。有两条线路，分别是 201、202，也不管起始站是哪里，终点站又是哪里，就坐了上去，车驶往哪里，就去哪里。电车还保持着民国风味，在今天看来，一点也不时尚，甚至显得有些老套与陈旧，可要的不就是这样的味道吗？连喇叭声都有岁月的沧桑——嘀，嘀，嘀，我坐在后面一排，看着窗外的城市风貌，有一种说不出的欣慰。大连，让我说什么好呀，道一声感谢吧，感谢你把往日烟云做得那么真实，真实到每个亲近你的人的心里。

一座城市可以容纳它的过去，就一定能接受它的外延。

大连便是如此。

俄罗斯风情一条街，简直是把俄罗斯的味道做足了，连俄罗斯人到了这里旅游，也是赞不绝口。在中国的城市里，几乎没有能像大连这样，生生拿出一条街的地方，只为打造一种异域风情。到大连的外国人很多，要数俄罗斯人最多，也只有俄罗斯人爱这座城，爱得最不

遮遮掩掩。这里的建筑几乎都是俄罗斯风格的，尖式的、塔式的都有，餐厅也多为俄罗斯人较为习惯与喜欢的西餐厅，也有俄罗斯人到这里开店，把俄罗斯的风情做得真正是原汁原味。很多店名也很俄罗斯，比如卖一些饰品和特产的店，直接就叫莫斯科精品店，上面是大大的汉字，下面便是俄罗斯文。大连人也喜欢这样的街道，不用出国，甚至不用走出这座城市，异域风情，已深深领略。

还得说说大连足球，虽然在谈中国足球时，更多是一片唏嘘之声。可到了大连这样一座被称作"足球城"的城市，怎么也绕不开这样一个话题。在劳动公园内，有一个足球的雕塑，很大、很耀眼，去那里的人几乎很容易就能看到它。大连有足球俱乐部，曾经的大连万达足球队，也取得过骄人的成绩，可这些都不是我想说大连与足球的主要原因。足球在大连似乎是平民化的，全民都热爱足球，大家都痴迷足球，和大连人聊起足球，他们总是津津乐道，眉飞色舞。在我看来，一项真正好的体育运动，必然不是少数人的狂欢，它一定是全民的，唯有如此，它才能更好地融入到最日常的生活中来，造福于民。我想，足球之于大连，或是大连人，便是这样。

在大连的街巷徜徉，总能逛到海边，好像是不由自主的。海天的色彩特别明丽，像一幅色彩鲜明的油画，可它要比油画灵动多了。一只海燕从海上掠过，不停地扇动着翅膀，把大连心情的愉快与心灵的轻盈演绎到了极致。大连的海燕，不只是一只海燕，也是一本杂志，坚守着立场与本位的杂志。我在写作之初，曾向《海燕》杂志投过一次稿，即便最终没被留用，也是美的。向《海燕》投稿，就像是让自己的文字变成一只海燕，载着自己，遨游在大连的海边。海风吹散了所有的忧愁与烦恼，城市化的落寞，立马便有了倾泻的途径。

海边城市，有一种风味一定不能错过，那便是海鲜。

可食用的海鲜真是太多——鲍鱼、牡蛎、田螺、龙虾、海鳝鱼、桂花鱼、大闸蟹、海带……每一样都能极大地满足舌尖上的食欲。大连的夜景仿佛换了另外一件华丽的霓裳，霓虹闪烁着繁华，气息很浓郁，像一个浓郁得散不开的梦。我最喜欢在这样的氛围中，点两只大闸蟹，要几瓶啤酒，在海边的风中，一个人，小酌。真是很有味道，也不用装什么斯文，左手拿一只大闸蟹，右手拿瓶啤酒，边吃边喝。直到微醉，结了账，回下榻的酒店，身后也还是无穷无尽的海风。

海风也是大连的一杯酒，陪我一醉到天明。

岳阳：今生注定与你相逢

命运真是很奇怪，到处充满了未知，又仿佛冥冥之中，早已注定。我是一个相信命运，却又不甘于命运的人，总想在风烟沉浮中有所挣扎。当我以陌生人的姿态走进岳阳城时，我终于明白——有些相逢，真是注定好的，无论你绕多远的路，最终都会准时抵达，不会早一点，也不会迟一点。

这样的注定与抵达，个中牵连，有时要远远小于一座城的概念，或是一条河，或是一汪湖，或是一个人，或是一座山，抑或是一座楼。岳阳便是如此。提起岳阳，多数人脑子里跳出来的是岳阳楼与洞庭湖。甚至毫不夸张地说，岳阳楼与洞庭湖的名气要比岳阳本身大得多，连从未到过岳阳的范仲淹也要更容易让人想起。这样的城市似乎显得有些委屈，那些被人们乐于称道的景致风物，只不过是这座城的一部分呀！而岳阳似乎又甘愿在千年的委屈中，默默行走，好像它明白有些委屈恰恰又是自身的骄傲与荣耀。

我相信，很多外地人与我一样，知道岳阳，首先是因为知道岳阳楼与洞庭湖，而知道岳阳楼与洞庭湖，又是因为范仲淹一篇臆想之作——《岳阳楼记》。"不以物喜，不以己悲""先天下之忧而忧，后天下之乐而乐"等句子，几乎成了所有人都能脱口

而出的佳句熟语。很奇怪，在苍茫的大地上，以及漫长纷乱的历史中，很多山水亭台都因文人的笔墨而远近闻名，比如欧阳修笔下的醉翁亭，王勃笔下的滕王阁，李白笔下的桃花潭，张继笔下的寒山寺等。范仲淹才华横溢，写起文章来，张弛有度，既能柔情似水，亦能气吞山河，不由得你不佩服。知道范仲淹很早，只因我与之同姓，硬是把他写岳阳楼的文字背诵得烂熟于心。且听——

予观夫巴陵胜状，在洞庭一湖。衔远山，吞长江，浩浩汤汤，横无际涯；朝晖夕阴，气象万千。此则岳阳楼之大观也，前人之述备矣。然则北通巫峡，南极潇湘，迁客骚人，多会于此，览物之情，得无异乎？

　　至若春和景明，波澜不惊，上下天光，一碧万顷；沙鸥翔集，锦鳞游泳；岸芷汀兰，郁郁青青。而或长烟一空，皓月千里，浮光跃金，静影沉璧；渔歌互答，此乐何极！登斯楼也，则有心旷神怡，宠辱偕忘，把酒临风，其喜洋洋者矣！（节选）

　　如此跌宕起伏的文字镌刻在岳阳楼中，书法俊逸酣畅，与文章相得益彰，古色古香。我站在那里凝视许久，木刻上的文字开

始迷离起来，像是要幻化成一些场景，闯入我光天化日的梦里。夜深了，烛火摇曳，影影绰绰的书房中，范仲淹正拆阅滕子京的来信。信中的内容具体而简单，请他为重修岳阳楼写一篇记。他看了看岳阳楼的图纸，磨好了墨，提笔便写，洋洋洒洒。没想到，这一挥毫泼墨，便写就了千古长存，可能连那些守护范仲淹到深夜的烛火，也是始料未及吧。

很多在纸上光鲜华丽、赚尽眼球的山水亭台，在现实中相逢，往往让人失望透顶，甚至会忍不住深深叹一口气——唉，怎会如此不堪！幸好，岳阳没有让人失望，岳阳楼更是不会令人叹气。

对岳阳楼的心驰神往，或许并不在于岳阳楼的本身风貌，而是它本身构造出来的一种精神象征。但此刻，我站在岳阳楼上，很难让思想进入深邃的境界，反而很乐于享受最表层却婉约湿润

的风物。湖面风烟俱净，远山苍翠清丽，岸草芦花，山水一色，有几只沙鸥浅翔而过，八百里洞庭，仿佛尽收眼底。湖中有船，帆影点点，水波无痕，驶入碧空万里。范仲淹于纸上的豪情万丈，都汹涌澎湃于千年之后一个后生晚辈的心中。"衔远山，吞长江，浩浩汤汤，横无际涯"，夸张吗？不见得吧。凭栏眺望，眼界似乎比心胸还要宽广，湖光山色可以做证。

从湖上吹来丝丝凉意的风，拂面冷冷的，头发也乱了。这股风来得正好，真正的良辰美景，是需要一点风的，并非风中参差，分外妩媚，而是风可以吹散那些从琐碎尘世带来的烦忧，身心空灵。多么愿意在岳阳楼上，在这样的风中，静静地倚靠在栏杆上，凝视洞庭湖的万千气象。洞庭湖是属于岳阳楼的，属于那些小岛的，属于那些树木水草的，也是属于那些行舟客船的。面对清秀婉丽的湖水，谁也抵挡不住帆影的诱惑，

可能范仲淹真正到了岳阳楼，也会租一条小船，在洞庭湖上把酒当歌一番吧。

有去君山岛的船，我上了船。可我的用意却绝不在于行船目的地的君山岛，纵然那里树木葱茏苍翠，温润别致，历史遗迹众多，诸如秦始皇封山石刻，娥皇、女英墓，柳毅井等。船上不止我一人，有人在不断用相机记录每一个变幻的瞬间，姿势夸张，不是一种体会，充其量只是一种翻版。一层层水波被船推开，

风中裹着一些湿润，容易让人浮想联翩，我想到了王湾的诗句："客路青山外，行舟绿水前。"写得真好，"行舟绿水前"，船行湖水中的美妙情景，写透彻了，好像心也跟着水绿了、轻了。我还会想到这样的画面：邀一交心文友，对坐船中，推杯换盏，畅谈古今。想着想着，就入了迷，一只海鸥从行船掀起的洁白浪花上掠过都没有注意到。回过神来，君山岛已到了。

我没有登岛，坐了船返回。我对君山岛的兴趣不大，仅存的一点也全部吹散在洞庭湖上。相比之下，我更愿意以最轻盈的方式徜徉于洞庭湖的澈水碧波之上。有些淡淡的阳光洒在湖面上，波光粼粼，像一个巨大的深渊，吞噬着时间。很快，水天相接的地方就只剩下一些晚霞了，岳阳楼与洞庭湖开始暗淡下来，有些沧桑，也有些安闲。

此刻，我坐在三醉亭的石阶上，看着暮色一点点下沉。三醉亭就在岳阳楼旁边，是为另一个人修建的，这个人叫吕洞宾。之前，之所以错过三醉亭，不是因为疏忽，而是故意为之。我以为，靠近三醉亭，一定要在洞庭湖的山色湖光最难分辨的时候，只有涂上迷幻的底色，才够味。吕洞宾是道家长老，仙风道骨，来无影，去无踪，缥缥缈缈，处处充满了神秘。他三过岳阳，醉得一塌糊涂，可惜没有人认得他，不免有些落寞，只好写一首诗留给岳阳，留给岳阳楼，留给洞庭湖——

朝游北越暮苍梧，袖里青蛇胆气粗。

三入岳阳人不识，朗吟飞过洞庭湖。

"朗吟飞过洞庭湖"？可洞庭湖真的可以这么轻易飞过去

吗？纵然超脱于世，到了这儿，都不得不停下来，好好醉一回。
我想，我是醉了。

醉得那样地深。

晚上回到岳阳城，躺在宾馆的床上，关了灯，闭上眼睛，脑
子里也全是洞庭湖、岳阳楼，以及三醉亭的影子。

兰州：远在泛黄的纸上

兰州像写逼仄的行书，一点也不飘逸。

可以坦言，初到兰州，我是满心失望的。站在火车站，远山不远，没有树，也不见草，尽是荒凉。近看城楼，怎一个旧字了得。车在路上七转八转，就是转不动，一阵阵喇叭声响，震耳欲聋，此起彼伏。兰州是省会，怎会如此堵？堵得小气，堵得掉了身价，甚至，堵得像落魄的偏远县城。我是去兰州榆中县的，走的高速。两边全是山，高高的山，可仍没有树，越高越荒凉。凉到心里，打个寒战——正是秋天。我终于有点明白——原来，真正的荒凉，不是落叶飘飘，而是压根见不着落叶。

这样的情绪，持续了好长一段光阴。光阴也是闷沉沉的，像吼不出声的闪电。幸

好，光阴未老，我的浅知拙见便有了变化。

改变我的，首先是黄河。

黄河是大气的。兰州是唯一黄河穿越市区中心的省会城市，怎能不沾染上这样的气息？暮色晚风中，听黄河的涛声，浑厚、磅礴、粗犷，黄河之水天上来的气势一点也不夸张。没有艄公的歌谣，黄河有些寂寞。可就算寂寞，也寂寞得英雄无泪，气吞山河。涛声入耳，长年累月，人也会豪气起来。也是暮色沉沉，晚风寒寒，一个诗人，站在中山桥边，写下如此豪迈的诗句——我撒了一泡尿，黄河就流到了尽头。我读了一遍又一遍，怎么也读不够。仿佛万里河山，尽在胸中。这该是何等胸怀呀！苏州也是生在水中的城。可那些水，是柔情似水的水，与黄河水截然不同。苏州更像一位温柔的南方女子，而兰州则像一个粗犷的北方汉子。兰州不懂得风花雪月、打情骂俏，因而，它一点也不妩媚、不风情、不妖娆。它只挺起厚实的腰板，耸着结实的双肩，老老实实地过日子。

有些月光的晚上，听黄河涛声，容易听出另一种味来。河面上挨着的全是船，艄公唱着歌谣，纤夫喊着号子。他们光着膀子，汗水如雨，裹着的是厚实的肌肉。黄河因他们而热闹，他们因黄河而踏实。可这些终究是远去的涛声，越听越远。远在千里，远在泛黄的纸上，蛀满虫眼。

是的，兰州的大气，远在纸上。纸上歪歪斜斜写满的，是历史。

兰州，隋之前，叫金城——金戈铁马的金。汉朝大将霍去病，千里奔袭河西走廊，于皋兰山下却匈奴。匈奴彪悍，来势汹汹。可霍去病更彪悍，万里征程，刀光剑影，吓得匈奴破了胆，四处逃窜。霍去病命人在金城修筑城堡，城堡森严，固若金汤。从此，"倚岩百丈峙雄关，西域咽喉在此间"。多么有底气！葡萄、美酒、夜光杯，都是阴性之物，可在金城念起"葡萄美酒夜光杯"，总有种雄浑的苍凉。苍凉得苍茫，让人敬畏。

　　金城的金，亦是金帛丝绸的金。城不大，却一面环山，一面临河，西域中原，唯此一道。大批驮着货物的骆驼从这儿经过。牵着骆驼的，是商人，不畏风沙的商人。那样的画面谁都可以想象：寒风凛冽，黄沙漫漫，中间辟有一条小道，弯弯曲曲，望不见尽头。商人们牵着骆驼，一个接着一个，同样望不见尽头。隔

几十里，有家客栈，客栈的表面也尽是黄沙。骆驼累了，停下来喝点水；商人们也累了，停下来喝点酒。走过那么长的沙道，南方的商人胸中也充满豪气。喝酒，必定也是大口干。喝了酒，商人们做买卖也豪爽了，从来不会斤斤计较。去年，和一群诗人在皋兰山上聚会。他们朗诵诗歌的样子，也满是苍茫和雄浑。站得高，谁都敢问苍天。我听得比任何时候都要认真。有人问，你听到了什么？我说，近一点，我听到了诗句，远一点，我听到了汉唐的驼铃——都大气磅礴，都豪气冲天。

单就字面而言——金城，显得大气，兰州，显得秀气。雪小禅说，兰州的"兰"字，非常美；特别是繁体字的兰，好像有香气似的。正是如此，有人说皋兰山名字的由来，也与兰花的香气有关。我不敢确定。要说香气，在兰州，在两个地方，我有闻过。

一个是青城镇，一个是兴隆山。

谁也不会想到，在历史苍茫如兰州这样的城市，会有青城这样一座古镇。青城——名字听起来也是充满香气的。今天看起来，静谧而安闲。在罗家大院看过那些刺绣，做工精细，栩栩如生，不知女人的手该有多巧。在那些老掉的水烟制作工具间，我闻到了香气。是烟的香气，缠缠绕绕，弥漫了整整八百年。水烟一度成为青城的支柱，鼎盛时，竟有大小两百余家作坊。在青城书院，我闻到了另一种香气——书香。青城书院早已没有书声琅琅，可那些斑驳的桌椅和那些挂在墙上的字画，都透露着淡淡的香。香气迷人，沁人心脾。这香气迷醉过一些书生，后来他们的成绩都不错。一组数据可以做证——皇榜翰林一人、进士十人、举人二十九人、孝廉方正十人、贡生八十二人，其他如秀才廪膳生员不计其数。香气迷人，可我要说，香气养人，特别是书香。

更让人不敢相信，在四野荒凉的兰州，还会藏着兴隆这样一座山。兴隆山，一点也不荒凉，长满了树，长满了草。秋天去时，层层叠叠的叶，正在枯萎。这一层全是透红的，这一层全是红里透着一点黄的，这一层全是黄里透着一点红的，这一层全是绿的。一层层看上去，层层不同色，好看极了。在蜿蜒的山道上，可以闻见一种极淡的香气，若有似无。朋友说，是泥土之香。不，不只泥土。是野草之香，是树叶之香，是薄雾之香，是香火之香，是自然之香。

还有一种香，兰州城里到处都是——牛肉面香。外地人习惯叫牛肉面为兰州拉面。兰州拉面就像兰州的杂志《读者》一样，闻名遐迩。提起兰州，首先想到的便是拉面。兰州城里随处可见牛肉面馆。有几家比较出名的，比如马子禄，比如国保，比如马有布，比如金鼎。牛肉面，对兰州人而言，是必不可少的，每天早晨都要吃一碗。好多时候，牛肉面馆前都排着长队。面粉的香、牛肉的香、香葱的香、辣椒的香，都弥漫起来，香在兰州人的舌尖，香在兰州城的每个角落。在兰州两年半的时光里，我每天早晨几乎都是吃牛肉面。怎么吃，都像是吃不够。昨天的牛肉面都还在舌尖飘香，今天又忍不住要吃。像是中了它的毒，上了瘾，嘴上吃着，心中念着。一切都心甘情愿。

　　这个冬天，兰州又下了些雪，我一个人沿着黄河边走。风有点寒，打在我的脸上，却不疼。路上的人很少，兰州显得有些安静。在雪里，兰州城白茫茫一片，冒着些寒气。我没有感到寒。我明白，是兰州温暖着我。我确定，我爱上了兰州。我的思绪也飘在风里……

　　兰州——你纵然不那么美，可你身上散发的气质总是那么迷人。与你擦肩而过的人，定不会留下什么印象。可愿坐下来与你倾谈的人，定会深深爱上你。

　　是的，深深爱上你。

拉萨：从一个美丽的误会开始

多年前参加一个知识竞赛，有这样一道题——

拉萨市市花是什么？

给了四个答案，分别是玫瑰、牡丹、格桑、茉莉。几乎所有人都选了格桑，并且十分自信，我也是。谁都知道，格桑花是属于高原的，是属于藏地的。可主持人给出的答案，却出乎所有人的意料——玫瑰。怎么可能是玫瑰？大家都提出了疑问，而主持人始终坚持玫瑰的正确性，没有半点商量的余地。后来，去网上

查阅相关资料——有说是玫瑰的，有说是格桑的，似乎都有底气。

一个美丽的误会由此无限延伸。

现下，站在布达拉宫布满神性的蓝天下，看着那些虔诚朝圣的信众，我仍然疑虑重重，寻不到心锁的出口。曾经，不止一个埋葬在圣地广袤天地间的秘密，萦绕心头，像飘过拉萨上空的云朵一样挥之不去。

比如三毛。

关于三毛是否去过拉萨，也是众说纷纭，没有定论。凌仕江在创作《藏地羊皮书》时，便低头叩问过拉萨的热土——三毛是否去过拉萨？如果去过，为何没留下只言片语？如果没去，为何总是于影影绰绰间看见她的身影？以三毛的性格，去过的地方，

一定会以文字的方式回眸，更何况是与神对话的拉萨，因而，我是相信三毛没有去过拉萨的。那时，我是凌仕江的助理，为了寻找更有力的佐证，联系到了与三毛关系密切的摄影师肖全与车刚。他们都证明：三毛到过拉萨，只是由于高原反应，匆匆离开。车刚透露，三毛在拉萨说得最多的一句话便是："太喜欢西藏这个地方，我真的找到生命的归宿了。"

三毛口中的西藏，对她而言，其实就是拉萨。

我又何尝不是这样——身体与灵魂在拉萨不会错位，爱上它，只能是生命的归宿。

拉萨的天很蓝，蓝得纯粹，也蓝得深邃，一眼望不穿，只能停留在蓝里，寻寻觅觅。抬头望天，天很低，仿佛伸手便能摘

下天上的云朵。可那些云朵真的从头顶飘过时，却不忍心伸手，生怕裁乱了原本的神圣。当文成公主的历史成为越来越遥远的传说时，站在布达拉宫脚下，拉萨在我心里与天是等高的——它庄严、神秘、深沉、圣洁。以至于在拉萨的大街小巷穿梭时，抬头总能望见被阳光包裹着的布达拉宫。有喇嘛说，那不是阳光，是神光，洒向拉萨的每个角落。我跟在红衣摇曳的信众后面，走进布达拉宫，心是匍匐着的，再高傲的头颅也低下了。金碧辉煌的殿堂有股浓厚的凌驾之气，不由得你不燃一炷香，虔心参拜。在拉萨，布达拉宫早已成为一种精神的高度，仿佛一切的寻常生活都是以它为坐标的。无论你是坐的飞机、火车，还是汽车抵达拉萨，布达拉宫散发的魅力磁场都能将你深深吸引，而后，脚步情不自禁地向它靠拢。

尘土飞扬的风中，遮不住神的抵达。一路上，飘扬着的是多彩的经幡，转经筒里的世界全是今生与来世轮回不休的经文。世俗与灵界的道路被打通，你踏上的不是前往拉萨的路，而是心的天堂。

这是我前往罗布林卡的路上提前抵达的。

罗布林卡，在很多人眼里是拉萨的"颐和园"，可我认为，它与北京颐和园的味道全然不同。甚至，罗布林卡要比颐和园多一些元素，比如神性。在罗布林卡里转悠，眼里是亭台楼阁、澈碧湖水、绿杨垂柳、奇花异草，心里溢满的却是浓得化不开的宗教气息。盛夏的午后，罗布林卡带给人的是沁人心脾的凉、山水自然的凉、神性沐浴的凉。罗布林卡有一种绕不开的迷幻，你来了，便踏进它预先设下的陷阱里，甚至愿意把心留在一块毫不起眼的石头中，任它打磨。幸好，我是从一个迷幻的世界闯进另一个迷幻世界的，从罗布林卡出来，我还是我——

一样的我，不一样的我。

在充满阳光与神性的拉萨，几乎所有的地方都带着一点神圣

不可侵犯的严肃，但八廓街却不太一样，有着姣好时光里的安闲与轻松。于众多城市的风格迥异的街道里，八廓街应是最有特色与风格的。它是圆盘形的，既封闭，又开放——它绕来绕去，绕不出神的手掌，却又容纳着并非与神一同抵达的来客。八廓街上散落着各式的商铺，有藏民开的，有汉人开的，也有老外开的。你可以在这儿买到藏刀、藏服，喝到酥油茶、青稞酒，也可以看到内地的影片，尝到尼泊尔的咖啡与印度的甜品。慵懒地穿行于八廓街，酥软你的除了肆无忌惮的阳光，还有那些你猜不透从哪里飘出来的歌声。歌声悠扬而苍茫，摆地摊的藏民也听得很入迷，有人买东西，要叫上他好几声。有时，很随意的一个拐角，便能遇到一个或是一群流浪歌手，他们陶醉在自我的精神天地里。我对流浪歌手很有好感，甚至认为他们的歌声才是最自然、最动听、最深入灵魂的。遇见他时，拉萨的阳光正好打在他的脸上，布满了岁月的沧桑。他毫不理会不曾停息的人来人往，抱着一把染尽尘埃的旧吉他，用比岁月更沧桑的嗓子唱着《回到拉萨》——

回到拉萨

回到了布达拉

回到拉萨

回到了布达拉宫

在雅鲁藏布江把我的心洗清

在雪山之巅把我的魂唤醒

爬过了唐古拉山遇见了雪莲花

……

纯净的天空中有着一颗纯净的心

不必为明天愁也不必为今天忧

来吧来吧我们一起回拉萨

回到我们阔别已经很久的家

啦呀咿呀咿呀咿呀咿呀咿呀啦呀咿呀咿呀咿呀咿呀

来吧来吧来吧来吧来吧来吧来吧来吧来呀咿呀

　　所有的音符都化作凌厉的闪电，每一道，都劈进我的心里。他唱的是一首歌，何尝又不是一场生命的演绎。一个音符，一道符咒，在你不经意的邂逅里，已悄然打乱你命运的序列，之后，秘密重组。因而，别人的《回到拉萨》，终有一天成为你不得不重返拉萨的绝唱与回响。抵达，离开，重返，在八廓街的光影里，拉萨很自觉地成为生命中不可或缺的元素。

　　黄昏就要降临拉萨，我赶紧离开八廓街，奔赴最美的霞光与倒影——

　　拉萨河。

　　拉萨河里的黄昏最静美，黄昏里的拉萨河最缤纷。藏羚羊与牦牛奔跑或歇息的远处开满格桑花，艳红、粉红、粉白交织在一起，随风摇曳，比电影镜头里的漂亮多了。它们比拉萨的黄昏更斑斓，摇曳着，摇曳着，便远了，远在藏族小女孩的歌声里。她看上去十二三岁，脸上嵌着两块明显的"高原红"，一个人坐在拉萨河畔歌唱。她是用藏文唱的，我听不懂歌词，但悦耳的旋律与拉萨河上的黄昏融在一起，旋即化成一杯青稞酒，一饮便醉。我甚至忘了要去问她：拉萨的市花是玫瑰，还是眼前醉心的格桑？

　　我也不愿再问。

　　拉萨是阳光的天堂，也是神性的人间。拉萨注定是一座永远解读不透的城市，任何的解读，于拉萨而言，都是多余的，苍白无力的。与拉萨之间，最好是留存一些未知，甚至是误会。

　　因为，在拉萨，误会也是美丽的。

凤凰：绝不只是路过

　　祝勇说，在这喧哗的世界上，凤凰的宁静与美丽，脆弱无助得令人揪心，一见到凤凰，我就发觉自己对它爱得揪心。初见凤凰，我的感受也是这样的——真是爱，深深的爱，却怕它的脆弱，瞬间覆灭，历史与未来都不再。这与我故乡的石桥有关。石桥与凤凰很相似，都是傍沱江水而建，一样的吊脚楼，一样的青石板街巷，一样的古色古香，可石桥命短，现在几乎只剩下几处落魄得不能再落魄的废墟。

　　幸好，凤凰的"凤凰"还在，即便在风雨中飘摇不定，内里也坚定得如一棵永不苍老的古木。凤凰要比石桥更坚毅，更容易以历史的模样走向未来。石桥要脆弱得多，只有一个写下《许茂和他的女儿们》的周克芹，而凤凰有描摹《边城》的沈从文还不够，还有熊希龄、陈渠珍、黄永玉，

到了今天，还有宋祖英老师唱遍大江南北、海内海外。那么，就算凤凰的宁静与美丽，真脆弱无助得令人揪心，至少还有一点信心，以悠悠沱江水的名义，源远流长。

不知是不是自己写作的缘故，在去凤凰的路上，忽略了太多的凤凰名人，心里只有沈从文，以与湘西山水一样唯美文字闻名的沈从文。正如吴佩林说，世人知道凤凰，了解凤凰，是从沈从文开始的；许多人到凤凰，是沿着沈从文字里行间来的。没错，《边城》里的风景真是人间的天堂，连千万里外的梦也总能抵达。凤凰的美，是披上清水绿衣的，很纯粹、很迷人，像堤岸三月的柳絮，有种绵软，有种惊艳，能不醉，能不沉吗？

沈从文是凤凰的"凤凰"，到了这里，很容易便找到他的故居。沈先生的故居有"故"的味道，很旧，旧得很地道，穿斗式木结构建筑，黛瓦覆顶，配上小巧别致的镂花门窗，四下弥漫的全是文雅气息。很中国的四合院里，苍翠天井有些淡薄的阳光，静静洒下，明丽与斑驳对比鲜明，光阴一点点散开，仿佛藏着许多美丽的故事。《边城》里的湘西风光是美的，可美得更让人心碎的是翠翠的爱情；而于沈先生而言，比《边城》更美的是翠翠般的张兆和。

真的，在沈先生的故居，我更多的是遥想他与三三（张兆和）的深情往事。多年前，读他写给三三的书信，很是惊诧，这是出自一代文学大家之手吗？信里的第一句话便是："不知道为什么我忽然爱上了你。"多么直白、多么热烈，多么情深。沈先生的表白，起初是被拒绝的，可他并没有气馁，一次次去信，一次比一次更无法自拔。几年前，有个跳梁小丑在凤凰很鄙视沈先生与三三的这段爱情，以为这是让"男人尊严扫地"的事情。几年后，当我面对沈先生的故居时，只觉那人太不懂爱情，人世间，还有什么能比爱情更美？

山水吗？

文字吗？

一定不是。只有爱情。

所以，在沈先生故居的书店里，我买下一册《边城》，还买下一册《从文自传》，于翠翠与张兆和的字里行间，总能读到特别真实而可爱的沈从文。这样的沈从文，少了神圣般的光环，更容易亲近，像邻家老者。哦，真是，慈眉善目笑谈间，他讲述着凤凰的美。

凤凰的美，是带有迷幻色

彩的，甚至连阳光也显得不太真实。从天井望天，天空飘来几朵云彩，先是纯白，而后聚在一起，变暗，暗到只剩下一片灰，像一幅水墨，再后来，便是三三两两的雨点落下。凤凰很快便湿润了，显得更加柔软妩媚，有了氤氲迷离的雾气，我就那么散漫地走在湿漉漉的巷子里，撑一把油纸伞。绕过几条街巷，在悠长悠长的空巷里，遇见她——粉面桃花，旗袍裹身，油纸伞下，分外妖娆，一点也不像结着丁香一样愁怨的姑娘。她的美，像清水洗过的芙蓉，没了烟尘，惊艳里带着点清纯。我打她身旁走过，油纸伞轻轻触碰了一下，旋起几滴水花，落在各自的衣衫，擦肩而过都算不上，可此后经年，我还能清晰地记得那个画面。或许，在凤凰，于许多人而言，太多的风景与人文只适合邂逅与路过，连驻足也是一种奢侈。

可凤凰于我，绝不只是路过。

在临河的吊脚楼上，有茶馆，临窗坐下，叫一杯清茶，看沱江水流，真是舒心。江上有些木舟，

有的停靠在岸边，有的在江心轻行，错落有致，远处是苍翠的山。青山隐隐水迢迢，细雨滴滴落入水中，泛起圈圈涟漪，碧波荡漾，那些舟中人，被沱江水洗过的心灵，该有多美呀！他们当中定会有人心里在说，慢一点，再慢一点，就让木舟这样缓缓前行吧。有谁会愿意从好不容易走进去的古意山水里出来呢？桨声雨滴中，弥漫着雾气，越来越浓，浓得像一个化不开的梦。梦里，石桥与凤凰被一江之水串联起来，仿若分不开的姊妹，只一叶扁舟，便能轻易抵达。石桥与凤凰不再有时空的距离，甚至，凤凰有了我回不去的故乡模样，温暖而亲切。

从此，安住在凤凰的心，有一颗，定然刻着我的名字。

入夜，雨未停，凤凰安静得不食人间烟火。凤凰的夜，与白天一样有风韵，特别是昏黄灯光里的江水，以及倒映在昏黄江水里的吊脚楼。我特别喜欢那些灯笼，一串吊在水边，像回到古时，或是走进古装剧，特别典雅而有远意，像随时都有可能发生一场遥远而亘古的爱情。我入住的客栈就在沱江边上，推窗便是澈碧的流水，以及未眠的木舟与灯火。灯火里，雨渐明，丝丝如线，带着薄凉，从屋檐上滴下来，滴答滴答，像是刻意提醒我，凤凰的时间从未凝滞。我明白，这是凤凰善意的催促——快睡吧，凤凰的夜纵然温暖，可实在不宜逗留，还有比夜更美的清晨。

是的，凤凰的清晨更干净而透明，尘埃洗尽。

凤凰是在捣衣声中醒来的。打开窗，天微凉，雨停了，隐约有一群人在江水边，正是捣衣的凤凰女人。立马穿衣，走近她们——澈碧的河水倒映着妖娆的倩影，一波波荡开，不知揉碎了多少男人的心。捣衣声里，还和着她们不染世俗的笑声，整个凤

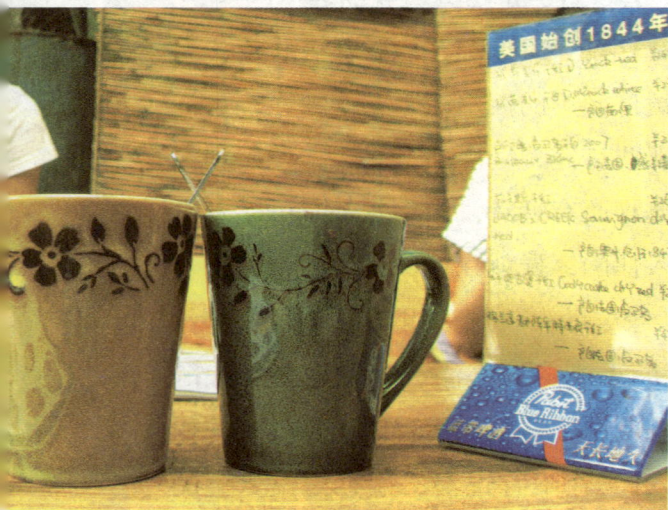

凰一天的序幕，就这样被拉开。此刻，我会生出一个再也不可能的画面——

倘若沈从文健在，这样的清晨，在江边散步，这群女人肯定会讲一声：沈先生早。沈先生，会心一笑，扶了扶眼镜框，也讲一声：大家早。

而后，凤凰就彻底醒了。

澳门：不一样的烟火

　　澳门是与武汉、与成都不一样的烟火。武汉比较纷乱，成都比较慵懒，而澳门带着一点西洋味，带着一点历史味，比较潮流，比较厚实。

　　澳门不大，甚至小得有些可怜，但我着实喜欢。尤其是澳门老街。澳门老街与内地其它城市的老街很不一样——内地老街古

典得都很中国，而澳门不同，也很古典，却中国里透着一点西洋，西洋里透着一点中国，底色仍是中国的。澳门在外来文化肆无忌惮的冲击下，不断容纳，不断吸收，不断成为底色鲜明的自己。听一教授谈起澳门，他说："澳门在文化的传承上，最重要的就是尊重历史、还原历史，而不是去粉饰或摧毁，同时，澳门非常注重文化传播与旅游的结合，把历史转化成现代人可以解读和欣赏的东西。"于是，澳门老街成为一个古老的证词，四百余年的欧洲文明的渗透，无非是一次次解读着中华文明的不可瓦解与恒久魅力。

午后的澳门老街尽是光阴的味道，斑驳了的墙壁，正是最动人的凋零。澳门老街不少，名气大一点的有——大三巴街、富隆新街、十月初五街、官也街。不同的老街，有着不一样的芬芳。大三巴街，散落着许多古董店，有种穿越感。富隆新街，多为白墙红窗的两层建筑，很有点苍茫。十月初五街，每一个角落都充满故事，满是梦的色彩。我最喜官也街。石板铺成的街路，有一股凉意，沁人心脾的凉，如一泓清泉，缓缓流过我的心田。街旁，有几株盆栽在墙脚，做出一副神秘的姿态，仿佛谁也读不懂它的心事。官也街看起来有些局促，甚至有些凌乱，开着各种吃食店铺——手信店、雪糕店、甜品店，还有别具特色的风味餐馆。在这儿，味蕾如一朵花，瞬间绽放，什么都想尝上一尝。

除了老街，澳门还散落着一些古巷，如大堂巷、疯堂斜巷，风味与老街差不多，却要更有光阴的味道。几百年时光，被一道门、一扇窗敲碎，散落满地，谁也拾不起来，只愿跟着碎掉，飘散在每一条历史的缝隙间，与它一起苍老。

澳门是岛城，分为——澳门半岛、凼仔岛和路环岛，还有路凼城，路凼城的内里也满是岛的颜色。岛的周围是蓝色的海，阴晴不定、喜怒无常的海。狂风卷起海水，海水疯长，长成

滔天的巨浪，巨浪无情，越是无情，越会看到一个女人的影子。不，她不是人，而是万民心中的神——妈祖。

妈祖文化在澳门非常浓郁而盛行，妈阁庙便是集中体现。

去澳门之前，刚看完刘涛主演的电视剧《妈祖》，很是喜欢。刘涛本身便有一种超凡脱俗的温情，眉目间透着大慈大悲，饰演妈祖再合适不过。于我心间，妈祖就是这样，有着美丽的模样和慈善的眼神。澳门的妈阁庙差不多已经走过五百多年的光阴了，纵然受过火灾，纵然经历政权更迭，也从未彻底走散。我爬上妈阁庙，是五月，风和日丽的五月，早已过了娘妈诞。可妈阁庙的香火没有一点凋敝的倾向，极为鼎盛，参拜者众多。或许，在民众心里，妈祖早已抽象化了，是一种文化表征，更是一种灵魂信仰。置身于悬崖峭壁之上，苍翠古木之间，凝视那些飘渺的烟火，心一下子空灵起来，瞬间便明白了妈阁庙存在的深刻含义，也领悟到了澳门在文化传承上的认真与大度。

可对于任何一座城市而言，都不可能只是一味地怀旧与复古，也不可能仅仅把美好的向往交给远古的传说。

澳门也不例外。

在近现代世界里无法延伸的澳门明白——历史与当下的某种错位，早已注定不能固步自封，必须寻找一条光明的出路。澳门人是智慧的，创新的，大胆的，在打造世界旅游休闲中心的时代之路上一往无前。当华灯初上，我看见从历史深处走来的澳门，并非步履蹒跚的老者，而是追风而去的少年。在富丽堂皇的娱乐场里，人们在博彩的世界里找寻着娱乐的快意；在推杯换盏的酒吧里，人们把疲惫与烦恼都融进了小小的酒杯里，一口吞下；在各具特色的餐厅里，葡国鸡、马介休、水蟹粥等丰富杂陈的美

食，演绎着多元文化的澳门表达……有人说，澳门一半是烟火，一半是奢靡。而在我看来，灯火通明，俨然一座不夜城的澳门，却以流光溢彩的方式，从深厚走向了宽广。

多姿多彩的澳门之夜，既神秘迷人，又热情洋溢，让人很容易被一种饱满的情绪裹挟，让人浮想联翩。"澳门如何从一座'小渔村'逆袭成长为国际化都市？"当这样的浮想在心头蔓延开来，一时难以精准定位答案的我，耳边似乎响起了熟悉的歌声——你可知"MACAU"，不是我真姓……此刻，我似乎渐渐明白，当远行的游子终于回到久违的故乡，投向母亲的怀抱，被温情包裹的人生便有了迈向未来的无限可能。

色彩斑斓的霓虹灯，此起彼伏地闪烁，古典与现代交织，传统与西洋融合，呈现出不一样的澳门风情。喜欢这样的夜，带着点烟火，带着点诗意，带着点温存。

是夜，和朋友一起在街上毫无目的地散步，谁也不知要走向哪里，谁也不在乎走到哪里。首次发现，一座城市的霓虹灯竟可以如此温柔，有种女人的妩媚，有种热恋中的浪漫。连海风也温柔了，温暖了，迎面吹来，像蒲公英拂面而过，茸茸的，非常

舒服。在一家酒吧前，我停下脚步，对朋友说："我们去喝一杯吧！"朋友不太同意，说："我只想就这样一直走下去。"我连忙解释："这样的夜，或许微醉时，更妩媚。"朋友只好点头。我们没有喝多，但脸都红红的，在澳门的夜里有一种特别的温存。

果然，我们走在澳门的夜里，从不醉到微醉，又从微醉到沉醉，多么青春，多么浪漫，多么畅快。那夜，走了多少路，什么时候醒来，后来，我全不记得了，遗留在澳门深夜的烟火中。只知道，有一天还会再去，还会再走那些路。

三亚：天涯海角的抵达

喜欢蓝，带着深邃与迷乱，再芬芳的心，也总能被俘获。天蓝，蓝得明净高爽；海蓝，蓝得隐远神秘。海天之间，蓝成一片稠密，再层层叠叠化开，化成一座城市的模样。天为"三"，海为"亚"，再没有哪座城市可以比三亚更让人把心情蓝得比海与天更畅快。

三亚有一种浓郁的贵族气质。那些建筑，虽金碧辉煌，但绝不落俗，内里透着一股大家闺秀的气息。三亚的街道很热闹，到处都开着各样的店铺，装修极尽奢华，却半点也不失品位。比如

兰桂坊酒吧，灯光与音乐近乎完美地交织，呈现出一种深刻而旷远的艺术气质。这样的店铺，有时会让人有点敬畏，甚至却步。但三亚有这样的自信，它不怕你不来，只怕你来了，便再也不愿离开。我是不太喜欢繁华的人，平时也非常节俭，可到了三亚，总忍不住要沉入那一份纸醉金迷的奢靡之中。

有谁会不喜欢三亚那份自信，那份优雅，那份高贵？

三亚长满了椰子树，随处可见。喜欢椰子树的那份碧绿，像一块块绿宝石，镶嵌在三亚城市的每一个角落，装点出三亚不一样的姿态与风情。三亚很独特，市树有两种——椰子树和酸豆树。椰子树是有绅士风度的，纵然名声在外，也心甘情愿与酸豆树平分秋色。椰子的风度，亦是三亚的风度。有过一段时间，关于三亚的流言漫天纷飞，一言一刀，砍得三亚遍体鳞伤。三亚没有忧伤，没有生气，只莞尔一笑，用禅意的绿安慰心情，然后安排椰子树列好队，照样以最美丽的方式，笑迎四海来宾。

这样的风度，唯有三亚，天之涯、海之角的三亚。

三亚从来如此，即便把蓝得纯粹的时光往前推一千年也是。

那时，三亚叫崖州。听名字，好像处处充满了悬崖绝壁似的。在庙堂之上，皇帝的眼里，崖州是边远蛮荒之地，大臣们也听而生畏。去吧，尔等去崖州赎罪吧——皇帝心里一定这样对贬谪的大臣们说的。于是，崖州注定要与一批满腹经纶的人相遇，而后融合吸收他们的才华。韦执谊、唐瑗、丁谓、赵鼎、卢多逊、胡铨、王仕熙、赵谦……来一个，崖州容纳一个，绝不嫌弃。收留这样一群人，便是往自己的身体注入孤独的血液。崖州，不怕；崖州，甘愿。在我看来，每一座城市的腾飞，都是长期于绝望般的孤独中沉默，到了某种成熟的程度，瓜熟蒂落，瞬间迸发。

因此，曾经的崖州终要在今天绽放成三亚的模样。

三亚是滨海城市，海滩风光怎么也不容错过。三亚的海湾

很多，有三亚湾、海棠湾、崖州湾、大东海湾、亚龙湾、月亮湾等。我最喜欢亚龙湾，仿佛有一种天然的消解机制，再多烦恼，都可以刹那间烟消云散。亚龙湾的海滩很长，随意找一张躺椅躺下，阳光不用太烈，作为底色，天的蓝被衬托得高远空灵。让天的蓝钻进我的眼睛，再钻进我的血液，把我的灵魂也染成一片蓝。看一会儿，眯一会儿，那样的午后，宁愿时间也不要走，或是走得慢一点，再慢一点。阳光、风、海水，一起袭来，让人无法抗拒。脱了鞋，在柔软的沙滩上行走。不，行走远远不够开怀，要奔跑，向着湛蓝的海水奔跑。天蓝得太高，无法触摸，可海水的蓝就在眼前，伸手可及。那是一种钻心的蓝，钻进心里去了，便从此无法自拔。只好一头栽进去，让海水的蓝裹挟每一寸

肌肤。亚龙湾的肌肤之亲，让我这样的外乡人也有了一点高贵的自信……

与其说三亚是"东方夏威夷"，不如说夏威夷是"西方三亚"。

在三亚，与海缠绵，还可以用另一种姿态。站在高处，站在更接近天蓝的山头，用几近痴呆的眼神凝视海的蓝。这个地方，最好是——

鹿回头。

被传奇色彩紧紧裹卷的鹿回头，在某种意义上，是被抽象的，是被象征的，即便脚踏实地踩着一块岩石，也是满心的虚幻。活在虚幻与现实世界里的鹿回头，用最古老的爱情宣言，凝固成一道永恒的风景。鹿回头看海，总会不自觉地陷入这一场预先设定好的虚幻陷阱之中，半点不由人。终于发现，海水的蓝隐远神秘，突然间便读不懂了，不知道那蓝的深邃里到底隐藏着怎样的秘密。远方的远方，海的蓝，天的蓝，连成一色，然后乘风破浪，抛给上鹿回头的所有人一个巨大的疑问：美丽的鹿，该不该在这里回头？谁也回答不上来，只能交给海水，交给天边，交给本就是一个巨大疑问的蓝。鹿已回头，三亚已回头，什么也不用再说，我们都悄然回头。只留下一座永恒的雕塑守护一片蓝，成为三亚最美丽的蓝色旋涡，吸引一批又一批人来。

还有一个地方，要比鹿回头更适合留下爱情的誓言，那便是天涯海角。

天涯海角，只是听名字，便有一种地老天荒的苍茫。红尘世俗的束缚被天涯海角的海水洗濯得纤尘不染，只想找一块嶙峋的石头，在心里刻上永不苍老的誓言。

海的蓝，有多深邃？

天的蓝，有多神秘？

再深邃也深邃不过相濡以沫的爱；再神秘也神秘不过一往而深的情。天尽头，海尽头，真适合弹一曲《梁祝》，弹到海也枯了，石也烂了。有人说，到了天涯海角，一定要给最爱的人打个电话，或是发条短信。我给萍发了一条——"我在天涯海角许下最湛蓝的誓言，你是我爱情生命里永恒的主角"。她很快便回了——"天涯海角，我的心与你一起抵达"。因为三亚，因为天涯海角，因为天的蓝、海的蓝，再世俗的爱情也有了更崇高而亘古的含义。所有人都在这里抵达爱情的彼岸，回望天涯海角，生生世世也要坚守。

不得不对三亚说一声"谢谢"，纯粹的风景给予我生命里最重要的阐释与明悟。我很清楚，在三亚，绝不仅仅是一场短暂的邂逅，而是一场天涯海角的抵达。